Cuadernos Marginales 30

Edición, prólogo y notas de
Julio Ortega

Julio Cortázar

# LA CASILLA DE LOS MORELLI

Tusquets Editor

Agradecemos las Editoriales Sudamericana de Buenos Aires y Siglo XXI, S. A. de México por dejarnos reproducir fragmentos de *Rayuela* y de *La vuelta al día en ochenta mundos* y *Ultimo Round* respectivamente, sin cuya amabilidad este libro no habría podido editarse.

*Algunos aspectos del cuento.* «Casa de las Américas», La Habana, año II, Núms. 15-16, noviembre, 1962 - febrero 1963.

1.ª edición: febrero 1973
2.ª edición: julio 1975
3.ª edición: julio 1981

Tusquets Editores, S. A., Iradier, 24, bajos, Barcelona - 17
Depósito Legal: B. 24188-1981
ISBN: 84-7223-030-9
Gráficas Diamante, Zamora, 83, Barcelona - 18
Impreso en España — Printed in Spain

# Indice

# Prólogo

De los muchos libros que es *Rayuela* hay uno que corresponde a Morelli, el autor, o más bien la *persona*, cuya crítica de la literatura es también la convocación de otra, la que supone a esta misma novela, a su fundación y apertura.

En el «capítulo» 22, Horacio Oliveira asiste de modo casual a un accidente: un hombre es derribado por un coche en una calle de París; ese hombre, al que Horacio y Etienne visitan en el hospital, resulta ser Morelli, un escritor que los hablantes de *Rayuela* han leído y cultivan. Imagen central de una literatura marginal, Morelli revoca las corrientes establecidas desde el reclamo de su obra desintegradora. En esa capacidad de cuestionamiento se genera la especulación de aquellos hablantes, su necesidad de un nuevo sistema formal para una más válida instrumentación poética.

Por lo mismo, la actividad de Morelli desdobla la formulación de la propia novela. Este autor apócrifo vive en ella la riqueza de una confluencia de transgresiones: los personajes leen sus notas, la misma novela que lo escribe, asistiendo así —y con ellos el movimiento de *Rayuela* y la aventura del propio lector— al núcleo de una operación crítica cuyo signo es la posibilidad de otra novela, de otro lector.

Varios autores varias personas: Morelli es en primer lugar la clase de escritor que se quisiera entrever en el umbral de su taller. Este movimiento nostálgico —que nos viene de la biografía de la ruptura literaria de los años 20— se relaciona con otro: Morelli es asimismo el escritor tácito que actúa detrás de toda obra mayor presuponiendo el ardor y el abismo de un lenguaje del que vemos el producto fatal no el origen vertiginoso. Desde Morelli, ese origen se instaura en *Rayuela* con su deslumbrante pluralidad, mostrándose en el exceso de su drama crítico, implicando el fervor de su amplia modificación formal. Morelli es más: es el autor mítico o el autor como mito de una literatura que a veces logra transparentar —en el doblaje del autocuestionamiento— su razón lúdica y crítica, su ficción que interroga.

Por eso no es casual que, en *Rayuela*, sea el centro del cambio la posibilidad de una liberación verbal que se oupa y pre-dice el espacio que suscite a Morelli. Centro, por cierto, en el cual nuestra misma literatura ha girado, descubriéndonos su distinta materia en el ensayo de las transgresiones. Suscitado por este espacio del cambio, el juego y el drama de Morelli (esto es: la ruptura formal y la respuesta crítica) desarrollan a su vez el debate estético de una novela que se rehace a sí misma desde su negación como novela.

Una generación atrás quizá Pierre Ménard, autor infinito del Quijote, pudo ser el paradigma de una literatura que, desde Borges y su estética de la defectividad clásica, sabemos se reitera a sí misma en un *ars combinatoria* que nos hace partes de la ficción de su mito. Una generación más tarde, acaso Morelli es otro paradigma, porque desde Cortázar hemos ganado una literatura que se inventa a sí misma, y se libera en el otro término de la figura que inicia: en el lector modificado.

Autor mítico o mito del autor, Morelli es así un espacio blanco: el centro generador de la otra novela que vive detrás de ésta. Porque al escribir *Rayuela*, Julio Cortázar no sólo actuó críticamente, en el vórtice de su ruptura, cuestionando la tradición Naturalista de un género; también cuestionó su propia apertura, su misma tradición del cambio, instaurando al centro de este doblaje de su escritura el espacio restado o despojado, que Morelli y las Morellianas deducen. Cabría decir que, dentro de la exploración anti-racionalista y no-dualista del surrealismo, Cortázar buscó instaurar el espacio blanco de Mallarmé. Pero esta fórmula sería sólo parcial, porque el espacio blanco de Morelli, siendo un generador analógico actúa frente a la realidad profusa de la cultura y la situación contemporáneas, no difiriendo ninguna negación en su necesidad de revaluar las normas en un mundo que devalúa toda norma. Por lo mismo, Morelli reconduce aquellas «fuerzas... que avanzan en procura de su derecho de ciudad», y a la vez supone aquel «castigo por haberse acordado del reino». Confluencia de la poesía y la crítica, su signo es la mediación.

Los hablantes de *Rayuela* también leen en Morelli a su propio autor, metafóricamente, en el sentido que Cortázar inventa en Morelli la literatura que lo inventa a él. Este plano metafórico no es casual. Si los tres estadios del pensamiento dialéctico implican un esquema racionalista y sucesivo, los tres planos del «pensamiento metafórico» postulan una realidad poética e instantánea. El lenguaje analógico, que Borges en *El Aleph* atribuyó a los místicos, pertenece en realidad a las estructuras formales: el instante que cuaja los tres lados de la «metáfora» o los varios niveles de la «figura» no es ya sucesivo sino simultáneo. Así ocurre con la metáfora que es *Rayuela*: sus tres «lados» son uno solo, y por eso la lectura a «saltos», como el juego de casillas de la rayuela, actualiza mejor la multiplicidad de ese instante cuajando. La nitidez de una energía especulativa funciona así como el otro lado de una misma fuerza imaginaria: la novela, al hacerse, no solamente crea su espectro crítico, prolonga además la comunicación de un conocer poético no reducible ya a categorías finalistas —ni siquiera a postulados aleccionadores, como una parte de la crítica ha preferido creer—. Conocer poético que vuelve a hacer legítima la noción de una realidad cuyo centro nos ha sido prometido. No en vano el propósito de Morelli es volver a nombrar, reconocer «el nombre del día». Esa es la añoranza paradisíaca de la novela: la búsqueda del «lenguaje adánico», de un idioma que transparente el mundo y nos diga, recuperando en su habla genuina, un destino común.

Como en el Zen, los hablantes buscan en Morelli a ese hablante central, pero Morelli a su vez escribe «como si él mismo, en una tentativa desesperada y conmovedora, imaginara al maestro que debería iluminarlo». *Rayuela* se imagina a sí misma en la novela que escribe Morelli; el lector se reconstruye en las opciones de *Rayuela*. La mediación —las iniciaciones del despojamiento— pone en actividad esa sucesiva adivinación de una necesidad axial, que la literatura reconvoca aquí desde el *roman comique,* desde la agonía del cuestionamiento y la moral del inconformismo, desde la defectividad que se mide por un cumplimiento entrevisto.

En la iniciación de la *rayuela,* en el juego de las etapas que deberían conjugar en un solo movimiento liberador «la tierra» y «el cielo» de un código heredado y requerido de transparencia, en ese juego irónico y agonista, la novela pasa por la casilla de Morelli, o la casilla de Morelli deduce la posibilidad de destruir las reglas para rehacerlas. Modificar por el nuevo juego de las formas el espesor de una cultura —selva oscura contemporánea— que miente en sus soluciones parciales, dar el paso que sigue a la mesura de la página en blanco y a la desmesura de los vasos comunicantes: esa labor sediciosa es la resonancia de la novela en Morelli, del espacio Morelli en *Rayuela*.

De los muchos libros que es *Rayuela,* las Morellianas son la lectura de uno de ellos: el acceso hacia su centro, si bien es claro que su irradiación sólo puede ser seguida en el edificio mismo de la novela. La noción del cambio que *Rayuela* establece entre nosotros parte de una dicción poética, que se resuelve en una prosodia abierta, y canjea las normas tradicionales de la «composición» por la posibilidad aleatoria de «figuras» en un sistema analógico. Y en las transformaciones que ese sistema vive —buscando modificar la misma «finalidad» del género—, sin duda que el libro de Morelli posee una existencia convocatoria; no sólo porque nos relaciona a un debate que trasciende la situación de nuestras letras, también porque compromete nuestra lectura del «porvenir» literario, estableciendo en esa profusión verbal la norma de un reclamo radicalizado, con la que hemos ganado el derecho a un riesgo sin cálculo en la circulación de la lectura.

Esta compilación, así, sólo viene de *Rayuela* y vuelve a ella: es un espectro de esa novela; una de las también varias posibilidades de elegir —de recorrer— páginas, frases o lugares que ofrece todo libro que media con el centro de un cambio. Lo cual sólo prueba la pluralidad de una obra cuya lectura —al comienzo de nuestra madurez creativa, antes del *Paradiso* de Lezama y a poco de la biblioteca borgiana —inicia otro ciclo de transformaciones en la literatura nuestra. Los otros textos que incluyo —de *La vuelta al día en ochenta mundos* y de *Ultimo round,* creo que comentan esa modificación desde el taller de Cortázar, otro espectro del taller de Morelli; su tono es distinto pero su finalidad es similar: son textos que refieren otras fases de la crítica (la respuesta que interroga) y del encantamiento (el juego del sentido), su confluencia en el fervor y la ironía.

Estas páginas, por lo demás, no buscan su centro en una nueva «teoría literaria», sino en una *poética* de exclusiones y de integraciones, que se cumple en la posible identidad de un lenguaje y una indagación que alteran lo real. Acción —y esta palabra no se reitera sin motivo— que empieza como defectividad, porque esta poética (crítica y deseo a la vista de un lenguaje revelador) hace más nítidas nuestras ausencias al comunicarlas con la irrupción de una presencia plena. Este reclamo permite, a sí mismo, ver a Cortázar a la luz de las inter-relaciones que cultiva y libera.

Como Apéndice, incluyo el texto «Algunos aspectos del cuento» —memorable intervención del autor en La Habana—, que nos ayuda a recobrar el plano tácito a lo largo de estas páginas: que una literatura del cambio establece su propia tradición, y que ese movimiento ocurre desde una aguda conciencia de elaboración formal, a partir de la cual un cuento, una novela, ganan primero su independencia expresiva. Es después de esa plenitud que habla Morelli, en el umbral de otra.

Ante la primera década de *Rayuela*, este cuaderno adelanta otra opción de su lectura, propone recomenzar ese juego por la casilla de Morelli.

*Julio Ortega*
*Barcelona, marzo-septiembre, 1972*

## Notas

El capítulo 99 de *Rayuela*, donde los personajes discuten las ideas y proyectos de Morelli luego de haber leído la Morelliana del capítulo 112, resulta fundamental para apreciar la gravitación de este escritor en el mismo debate especulativo que viven esos personajes. Esto es, las ideas de Cortázar —potenciadas en un paradigma de su propio radicalismo, en Morelli— son discutidas por sus propios personajes; lo que supone que éstos han leído o leen la misma novela en tanto su autor la escribe. En este juego de espejismos y doblajes la novela se *comenta* a sí misma.

Un nuevo canje en esta galería de espejos ocurre cuando consideramos otra posibilidad: que el mismo Morelli sea el «autor» de *Rayuela*, su metáfora. Morelli escribe una novela, y cuando Oliveira y Etienne lo visitan en el hospital les pide llevar a su casa un cuadernillo («número 52») que «no hay más que ponerlo en su lugar, entre el 51 y el 53», y de inmediato sospechamos que puede referirse a *Rayuela*. Morelli también dice que el personaje que le importa es el lector: y, en efecto, los personajes actúan como lectores suyos. Paradigma del propio cambio que Cortázar está desencadenando, ambos coinciden en una referencia directa a *Rayuela*: intentar la novela como una resta, cosa que sabemos bien indican los números a pie de capítulo en la novela.

*Ménard Morelli.* «Pierre Ménard autor del Quijote» supone que la literatura está ya escrita, que los grandes autores han sido ya dados, y que sólo resta glosar esos libros, ser así esos autores. Esta idea es central a Borges: los temas se repiten, es gravoso inventar nuevas metáforas. Para Morelli, en cambio, es preciso destruir la literatura y reinventar el uso de la palabra; rescatar el lenguaje en su poder mediador y analógico, modificar no al hombre abstracto sino al lector concreto. Morelli está señalado por la fundación crítica moderna (Baudelaire, Mallarmé) pero también por el gran período de la crisis Naturalista (el surrealismo, Joyce, Pound), y vive el inicio de una reformulación literaria, la utopía de un lenguaje primordial que identifique la verdad y el encantamiento en la poesía. Pero sistematizar su credo sería perder de vista su centro: la especulación del cambio, girando en pos de un lenguaje.

*«Pensamiento metafórico».* Me refiero, como es obvio, al esquema clásico de la metáfora: dos términos que suscitan un tercer término, y no a la frase llamada «metafórica» que es una comparación más o menos afortunada de la que Cortázar quiere eliminar el inevitable enlace COMO; el cual, sin embargo, en Lezama Lima inicia el delta de las frases complementarias que pronto se liberan de su generador gramatical para hacerse autónomas. Sobre «el demonio de la analogía» puede revisarse el ensayo de Cortázar «Para una poética» (*La Torre*, Puerto Rico, No. 7, jul.-sept., 1954), que muestra algunas fuentes posibles del autor en este tema, especialmente las investigaciones antropológicas de Lévy-Brühl. Cf. también el notable ensayo de Octavio Paz «La nueva analogía» (*Los signos de rotación*, Madrid, Alianza Editorial, 1971); así como los ensayos fundamentales de José Lezama Lima (*Introducción a los vasos órficos*, Barcelona, Barral Editores, 1970). El procedimiento analógico (que Lezama califica de «espacio gnóstico») presente en *Paradiso*, ha sido muy bien ilustrado por el propio Cortázar en su «Para llegar a Lezama Lima», *La vuelta al día en ochenta mundos*. El capítulo 62 de *Rayuela* —que se incluye aquí— adquiere un pleno desarrollo en *62 modelo para armar*, la novela de Cortázar que más abiertamente se aventura con la posibilidad de una escritura que conjugue las «figuras» en

13

una construcción analógica; si esta construcción estaba en la estructura abierta de *Rayuela,* aquí ocurre en una estructura interna, en la confluencia y la interacción que traman las anécdotas; cf. mi nota «Una novela de Cortázar», en *Figuración de la persona,* Barcelona, EDHASA, 1971.

De *Rayuela*

No podré renunciar jamás al sentimiento de que ahí, pegado a mi cara, entrelazado en mis dedos, hay como una deslumbrante explosión hacia la luz, irrupción de mí hacia lo otro o de lo otro en mí, algo infinitamente cristalino que podría cuajar y resolverse en luz total sin tiempo ni espacio. Como una puerta de ópalo y diamante desde la cual se empieza a ser eso que verdaderamente se es y que no se quiere y no se sabe y no se puede ser.

Ninguna novedad en esa sed y esa sospecha, pero sí un desconcierto cada vez más grande frente a los ersatz que me ofrece esta inteligencia del día y de la noche, este archivo de datos y recuerdos, estas pasiones donde voy dejando pedazos de tiempo y de piel, estos asomos tan por debajo y lejos de ese otro asomo ahí al lado, pegado a mi cara, previsión mezclada ya con la visión, denuncia de esa libertad fingida en que me muevo por las calles y los años.

Puesto que soy solamente este cuerpo ya podrido en un punto cualquiera del tiempo futuro, estos huesos que escriben anacrónicamente, siento que ese cuerpo está reclamándose, reclamándole a su conciencia esa operación todavía inconcebible por la que dejaría de ser podredumbre. Ese cuerpo que soy yo tiene la presciencia de un estado en que al negarse a sí mismo como tal, y al negar simultáneamente el correlato objetivo como tal, su conciencia accedería a un estado fuera del cuerpo y fuera del mundo que sería el verdadero acceso al ser. Mi cuerpo será, no el mío Morelli, no yo que en mil novecientos cincuenta ya estoy podrido en mil novecientos ochenta, mi cuerpo será porque detrás de la puerta de luz (cómo nombrar esa asediante certeza pegada a la cara) el ser será otra cosa que cuerpos y, que cuerpos y almas y, que yo y lo otro, que ayer y mañana. Todo depende de... (una frase tachada).

Final melancólico: Un *satori* es instantáneo y todo

17

lo resuelve. Pero para llegar a él habría que desandar la historia de fuera y la de dentro. Trop tard pour moi. Crever en italien, voire en occidental, c'est tout ce qui me reste. Mon petit café-crême le matin, si agréable…

*(Capítulo 61)*

En un tiempo Morelli había pensado un libro que se quedó en notas sueltas. La que mejor lo resumía es ésta: «Psicología, palabra con aire de vieja. Un sueco trabaja en una teoría química del pensamiento.[1] Química, electromagnetismo, flujos secretos de la materia viva, todo vuelve a evocar extrañamente la noción del *mana*; así, al margen de las conductas sociales, podría sospecharse una interacción de otra naturaleza, un billar que algunos individuos suscitan o padecen, un drama sin Edipos, sin Rastignacs, sin Fedras, drama *impersonal* en la medida en que la conciencia y las pasiones de los personajes no se

[1] *L'Express*, París, sin fecha.

Hace dos meses un neurobiólogo sueco, Holger Hyden, de la Universidad de Göteborg, presentó a los especialistas más destacados del mundo, reunidos en San Francisco, sus teorías sobre la naturaleza química de los procesos mentales. Para Hyden el hecho de pensar, de recordar, de sentir o de adoptar una decisión se manifiesta por la aparición en el cerebro y en los nervios que vinculan a éste con los otros órganos, de ciertas moléculas particulares que las células nerviosas elaboran en función de la excitación exterior. (...) El equipo sueco logró la delicada separación de las dos clases de células en tejidos todavía vivientes de conejos, las pesó (en millonésimos de millonésimos de gramo) y determinó por análisis de qué manera esas células utilizan su combustible en diversos casos.

Una de las funciones esenciales de las neuronas es la de transmitir los impulsos nerviosos. Esa transmisión se opera por medio de reacciones electroquímicas casi instantáneas. No es fácil sorprender a una célula nerviosa en funcionamiento, pero parece que los suecos lo han conseguido mediante el acertado empleo de diversos métodos.

Se ha comprobado que el estímulo se traduce por un incremento, en las neuronas, de ciertas proteínas cuya molécula varía según la naturaleza del mensaje. Al mismo tiempo la cantidad de proteínas de las células satélites disminuye, como si sacrificaran sus reservas en beneficio de la neurona. La información contenida en la molécula de proteína se convierte, según Hyden, en el impulso que la neurona envía a sus vecinos.

Las funciones superiores del cerebro —la memoria y la facultad de razonar— se explican, para Hyden, por la forma particular de las moléculas de proteína que corresponde a

ven comprometidas más que a posteriori. Como si los niveles subliminales fueran los que atan y desatan el ovillo del grupo comprometido en el drama. O para darle el gusto al sueco: como si ciertos individuos incidieran sin proponérselo en la química profunda de los demás y viceversa, de modo que se operaran las más curiosas e inquietantes reacciones en cadena, fisiones y transmutaciones.

»Así las cosas, basta una amable extrapolación para postular un grupo humano que cree reaccionar psicológicamente en el sentido clásico de esa vieja, vieja palabra, pero que no representa más que una instancia de ese flujo de la materia animada, de las

---

cada clase de excitación. Cada neurona del cerebro contiene millones de moléculas de ácidos ribonucleicos diferentes, que se distinguen por la disposición de sus elementos constituyentes simples. Cada molécula particular de ácido ribonucleico (RNA) corresponde a una proteína bien definida, a la manera como una llave se adapta exactamente a una cerradura. Los ácidos nucleicos dictan a la neurona la forma de la molécula de proteína que va a formar. Esas moléculas son, según los investigadores suecos, la traducción química de los pensamientos.

La memoria correspondería, pues, a la ordenación de las moléculas de ácidos nucleicos en el cerebro, que desempeñan el papel de las tarjetas perforadas en las computadoras modernas. Por ejemplo, el impulso que corresponde a la nota «mi» captada por el oído, se desliza rápidamente de una neurona a otra hasta alcanzar a todas aquéllas que contienen las moléculas de ácido RNA correspondiente a esta excitación particular. Las células fabrican de inmediato moléculas de la proteína correspondiente regida por este ácido, y realizamos la audición de dicha nota.

La riqueza, la variedad del pensamiento se explican por el hecho de que un cerebro medio contiene unos diez mil millones de neuronas, cada una de las cuales encierra varios millones de moléculas de distintos ácidos nucleicos; el número de combinaciones posibles es astronómico. Esta teoría tiene, por otra parte, la ventaja de explicar por qué en el cerebro no se han podido descubrir zonas netamente definidas y particulares de cada una de las funciones cerebrales superiores; como cada neurona dispone de varios ácidos nucleicos, puede participar en procesos mentales diferentes, y evocar pensamientos y recuerdos diversos.

infinitas interacciones de lo que antaño llamábamos deseos, simpatías, voluntades, convicciones, y que aparecen aquí como algo irreductible a toda razón y a toda descripción: fuerzas habitantes, extranjeras, que avanzan en procura de su derecho de ciudad; una búsqueda superior a nosotros mismos como individuos y que nos usa para sus fines, una oscura necesidad de evadir el estado de homo sapiens hacia... ¿qué homo? Porque sapiens es otra vieja, vieja palabra, de esas que hay que lavar a fondo antes de pretender usarla con algún sentido.

»Si escribiera ese libro, las conductas standard (incluso las más insólitas, su categoría de lujo) serían inexplicables con el instrumental psicológico al uso. Los actores parecerían insanos o totalmente idiotas. No que se mostraran incapaces de los *challenge and response* corrientes: amor, celos, piedad y así sucesivamente, sino que en ellos algo que el homo sapiens guarda en lo subliminal se abriría penosamente un camino como si un tercer ojo [2] parpadeara penosamente debajo del hueso frontal. Todo sería como una inquietud, un desasosiego, un desarraigo continuo, un territorio donde la causalidad psicológica cedería desconcertada, y esos fantoches se destrozarían o se amarían o se reconocerían sin sospechar demasiado que la vida trata de cambiar la clave en y a través y por ellos, que una tentativa apenas concebible nace en el hombre como en otro tiempo fueron naciendo la clave-razón, la clave-sentimiento, la clave-pragmatismo. Que a cada sucesiva derrota hay un acercamiento a la mutación final, y que el hombre no es sino que busca ser, proyecta ser, manoteando entre palabras y conducta y alegría salpicada de sangre y otras retóricas como ésta.»

*(Capítulo 62)*

---

[2] Nota de Wong (con lápiz): «Metáfora elegida deliberadamente para insinuar la dirección a que apunta.»

Facetas de Morelli, su lado Bouvard et Pécuchet, su lado compilador de almanaque literario (en algún momento llama «Almanaque» a la suma de su obra).

Le gustaría *dibujar* ciertas ideas, pero es incapaz de hacerlo. Los diseños que aparecen al margen de sus notas son pésimos. Repetición obsesiva de una espiral temblorosa, con un ritmo semejante a las que adornan la *stupa* de Sanchi.

Proyecta uno de los muchos finales de su libro inconcluso, y deja una maqueta. La página contiene una sola frase: «En el fondo sabía que no se puede ir más allá porque no lo hay». La frase se repite a lo largo de toda la página, dando la impresión de un muro, de un impedimento. No hay puntos ni comas ni márgenes. De hecho un muro de palabras ilustrando el sentido de la frase, el choque contra una barrera detrás de la cual no hay nada. Pero hacia abajo y a la derecha, en una de las frases falta la palabra *lo*. Un ojo sensible descubre el hueco entre los ladrillos, la luz que pasa.

*(Capítulo 66)*

¿Qué es en el fondo esa historia de encontrar un reino milenario, un edén, un otro mundo? Todo lo que se escribe en estos tiempos y que vale la pena leer está orientado hacia la nostalgia. Complejo de la Arcadia, retorno al gran útero, back to Adam, le bon sauvage (y van...), *Paraíso perdido, perdido por buscarte, yo, sin luz para siempre...* Y dale con las islas (cf. Musil) o con los gurús (si se tiene plata para el avión París-Bombay) o simplemente agarrando una tacita de café y mirándola por todos lados, no ya como una taza sino como un testimonio de la inmensa burrada en que estamos metidos todos, creer que ese objeto es nada más que una tacita de café cuando el más idiota de los periodistas encargados de resumirnos los quanta, Planck y Heisenberg, se mata explicándonos a tres columnas que todo vibra y tiembla y está como un gato a la espera de dar el enorme salto de hidrógeno o de cobalto que nos va a dejar a todos con las patas para arriba. Grosero modo de expresarse, realmente.

La tacita de café es blanca, el buen salvaje es marrón, Planck era un alemán formidable. Detrás de todo eso (siempre es detrás, hay que convencerse de que es la idea clave del pensamiento moderno) el Paraíso, el otro mundo, la inocencia hollada que oscuramente se busca llorando, la tierra de Hurqalya. De una manera u otra todos la buscan, todos quieren abrir la puerta para ir a jugar. Y no por el Edén, no tanto por el Edén en sí, sino solamente por dejar a la espalda los aviones a chorro, la cara de Nikita o de Dwight o de Charles o de Francisco, el despertar a campanilla, el ajustarse a termómetro y ventosa, la jubilación a patadas en el culo (cuarenta años de fruncir el traste para que duela menos, pero lo mismo duele, lo mismo la punta del zapato entra cada vez un poco más, a cada patada desfonda un momentito más el pobre culo del cajero o del subteniente o del profesor de literatura o de la enfermera), y decíamos que el homo sapiens no busca la puerta para entrar en el reino milenario (aunque no estaría nada mal, nada mal realmente) sino solamente para poder cerrarla a su espalda y menear el culo como un perro contento sabiendo que el zapato de la puta vida se quedó atrás, reventándose contra la puerta cerrada, y que se puede ir aflojando con un suspiro el pobre botón del culo, enderezarse y empezar a caminar entre las florcitas del jardín y sentarse a mirar una nube nada más que cinco mil años, o veinte mil si es posible y si nadie se enoja y si hay una chance de quedarse en el jardín mirando las florcitas.

De cuando en cuando entre la legión de los que andan con el culo a cuatro manos hay alguno que no solamente quisiera cerrar la puerta para protegerse de las patadas de las tres dimensiones tradicionales, sin contar las que vienen de las categorías del entendimiento, del más que podrido principio de razón suficiente y otras pajolerías infinitas, sino que además estos sujetos creen con otros locos que no estamos en el mundo, que nuestros gigantes padres nos han metido en un corso a contramano del que habrá que salir si no se quiere acabar en una estatua ecuestre o convertido en abuelo ejemplar, y que nada está perdido si se tiene por fin el valor de proclamar que todo está perdido y que hay que empezar de nuevo, como los famosos obreros que en 1907 se dieron cuenta una mañana de agosto de que el túnel del Monte Brasco estaba mal enfilado y que acabarían saliendo a más de quince metros del túnel que excavaban los obreros yugoslavos viniendo de Dublivna. ¿Qué hicieron los famosos obreros? Los famosos obreros dejaron como estaba su túnel, salieron a la superficie, y después de varios días y noches de deliberación en diversas cantinas del Piemonte, empezaron a excavar por su cuenta y riesgo en otra parte del Brasco, y siguieron adelante sin preocuparse de los obreros yugoslavos, llegando después de cuatro meses y cinco días a la parte sur de Dublivna, con no poca sorpresa de un maestro de escuela jubilado que los vio aparecer a la altura del cuarto de baño de su casa. Ejemplo loable que hubieran debido seguir los obreros de Dublivna (aunque preciso es reconocer que los famosos obreros no les habían comunicado sus intenciones) en vez de obstinarse en empalmar con un túnel inexistente, como es el caso de tantos poetas asomados con más de medio cuerpo a la ventana de la sala de estar, a altas horas de la noche.

Y así uno puede reírse, y creer que no está hablando en serio, pero sí se está hablando en serio, la risa ella sola ha cavado más túneles útiles que todas las lágrimas de la tierra, aunque mal les sepa a los cogotudos empecinados en creer que Melpómene es más fecunda que Queen Mab. De una vez por todas sería bueno ponernos de desacuerdo en esta materia. Hay quizá una salida, pero esa salida debería ser una entrada. Hay quizá un reino milenario, pero no es escapando de una carga enemiga que se toma por asalto una fortaleza. Hasta ahora este siglo se escapa de montones de cosas, busca las puertas y a veces las desfonda. Lo que ocurre después no se sabe, algunos habrán alcanzado a ver y han perecido, borrados instantáneamente por el gran olvido negro, otros se han conformado con el escape chico, la casita en las afueras, la especialización literaria o científica, el turismo. Se planifican los escapes, se los tecnologiza, se los arma con el Modulor o con la Regla de Nylon. Hay imbéciles que siguen creyendo que la borrachera puede ser un método, o la mescalina o la homosexualidad, cualquier cosa magnífica o inane *en sí* pero estúpidamente exaltada a sistema, a llave del reino. Puede ser que haya otro mundo dentro de éste, pero no lo encontraremos recortando su silueta en el tumulto fabuloso de los días y las vidas, no lo encontraremos ni en la atrofia ni en la hipertrofia. Ese mundo no existe, hay que crearlo como el fénix. Ese mundo existe en éste, pero como el agua existe en el oxígeno y el hidrógeno, o como en las páginas 78, 457, 3, 71, 688, 75 y 456 del diccionario de la Academia Española está lo necesario para escribir un cierto endecasílabo de Garcilaso. Digamos que el mundo es una figura, hay que leerla. Por leerla entendamos generarla. ¿A quién le importa un diccionario por el diccionario mismo? Si de delicadas alquimias, ósmosis y mezclas de simples surge por fin Beatriz a orillas del río, ¿cómo no sospechar maravillosamente lo que a su vez podría nacer de ella? Qué inútil tarea la del hombre, peluquero de sí mismo, repitiendo hasta la náusea el recorte quincenal, tendiendo la misma mesa, rehaciendo la misma cosa, comprando el mismo diario, aplicando los mismos principios a las mismas coyunturas. Puede ser que haya un reino milenario, pero si alguna vez llegamos a él, si somos él, ya no se llamará así. Hasta no quitarle al tiempo su látigo de historia, hasta no acabar con la hinchazón de tantos *hasta,* seguiremos tomando la belleza por un fin, la paz por un desiderátum, siempre de este lado de la puerta donde en realidad no siempre se está mal, donde mucha gente encuentra una vida satisfactoria, perfumes agradables, buenos sueldos, literatura de alta calidad, sonido estereofónico, y por qué entonces inquietarse si probablemente el mundo es finito, la historia se acerca al punto óptimo, la raza humana sale de la edad media para ingresar en la era cibernética. Tout va très bien, madame la Marquise, tout va très bien, tout va très bien.

Por lo demás hay que ser imbécil, hay que ser poeta, hay que estar en la luna de Valencia para perder más de cinco minutos con estas nostalgias perfectamente liquidables a corto plazo. Cada reunión de gerentes internacionales, de hombres-de-ciencia, cada nuevo satélite artificial, hormona o reactor atómico aplastan un poco más estas falaces esperanzas. El reino será de material plástico, es un hecho. Y no que el mundo haya de convertirse en una pesadilla orwelliana o huxleyana; será mucho peor, será un mundo delicioso, a la medida de sus habitantes, sin ningún mosquito, sin ningún analfabeto, con gallinas de enorme tamaño y probablemente dieciocho patas, exquisitas todas ellas, con cuartos de baño telecomandados, agua de distintos colores según el día de la semana, una delicada atención del servicio nacional de higiene.

Con televisión en cada cuarto, por ejemplo grandes paisajes tropicales para los habitantes de Rijavik, vistas de igloos para los de La Habana, compensaciones sutiles que conformarán todas las rebeldías, etcétera.

Es decir un mundo satisfactorio para gentes razonables.

¿Y quedará en él alguien, uno solo, que no sea razonable?

En algún rincón, un vestigio del reino olvidado. En alguna muerte violenta, el castigo por haberse acordado del reino. En alguna risa, en alguna lágrima, la sobrevivencia del reino. En el fondo no parece que el hombre acabe por matar al hombre. Se le va a escapar, le va a agarrar el timón de la máquina electrónica, del cohete sideral, le va a hacer una zancadilla y después que le echen un galgo. Se puede matar todo menos la nostalgia del reino, la llevamos en el color de los ojos, en cada amor, en todo lo que profundamente atormenta y desata y engaña. *Wishful thinking*, quizá; pero ésa es otra definición posible del bípedo implume.

*(Capítulo 71)*

El inconformista visto por Morelli, en una nota sujeta con un alfiler de gancho a una cuenta de lavandería: «Aceptación del guijarro y de Beta del Centauro, de lo puro-por-anodino a lo puro-por-desmesura. Este hombre se mueve en las frecuencias más bajas y las más altas, desdeñando deliberadamente las intermedias, es decir la zona corriente de la aglomeración espiritual humana. Incapaz de liquidar la circunstancia, trata de darle la espalda; inepto para sumarse a quienes luchan por liquidarla, pues cree que esa liquidación será una mera sustitución por otra igualmente parcial e intolerable, se aleja encogiéndose de hombros. Para sus amigos, el hecho de que encuentre su contento en lo nimio, en lo pueril, en un pedazo de piolín o en un solo de Stan Getz, indica un lamentable empobrecimiento; no saben que también está el otro extremo, los arrimos a una suma que se rehúsa y se va ahilando y escondiendo, pero que la cacería no tiene fin y que no acabará ni siquiera con la muerte de ese hombre, porque su muerte no será la muerte de la zona intermedia, de las frecuencias que se escuchan con los oídos que escuchan la marcha fúnebre de Sigfrido.»

Quizá para corregir el tono exaltado de esa nota, un papel amarillo garabateado con lápiz: «Guijarro y estrella: imágenes absurdas. Pero el comercio íntimo con los cantos rodados acerca a veces a un pasaje; entre la mano y el guijarro vibra un acorde fuera del tiempo. Fulgurante... (palabra ilegible)... de que también eso es Beta del Centauro; los nombres y las magnitudes ceden, se disuelven, dejan de ser lo que la ciencia pretende que sean. Y así se está en algo que puramente es (¿qué?, ¿qué?): una mano que tiembla envolviendo una piedra transparente que también tiembla.» (Más abajo, con tinta: «No se trata de panteísmo, ilusión deliciosa, caída hacia arriba en un cielo incendiado al borde del mar».

En otra parte, esta aclaración: «Hablar de frecuencias bajas y altas es ceder una vez más a los *idola fori* y al lenguaje científico, ilusión de Occidente. Para mi inconformista, fabricar alegremente un barrilete y remontarlo para alegría de los chicos presentes no representa una ocupación menor (bajo con respecto a alto, poco con respecto a mucho, etc.), sino una coincidencia con elementos puros, y de ahí una momentánea armonía, una satisfacción que lo ayuda a sobrellevar el resto. De la misma manera los momentos de extrañamiento, de enajenación dichosa que lo precipitan a brevísimos tactos de algo que podría ser su paraíso, no representan para él una experiencia más alta que el hecho de fabricar el barrilete; es como un fin, pero no por encima o más allá. Y tampoco es un fin entendido temporalmente, una accesión en la que culmina un proceso de despojamiento enriquecedor; le puede ocurrir sentado en el WC, y sobre todo le ocurre entre muslos de mujeres, entre nubes de humo y a la mitad de lecturas habitualmente poco cotizadas por los cultos rotograbados del domingo.

»En un plano de hechos cotidianos, la actitud de mi inconformista se traduce por su rechazo de todo lo que huele a idea recibida, a tradición, estructura gregaria basada en el miedo y en las ventajas falsamente recíprocas. Podría ser Robinson sin mayor esfuerzo. No es misántropo, pero sólo acepta de hombres y mujeres la parte que no ha sido plastificada por la superestructura social; él mismo tiene medio cuerpo metido en el molde y lo sabe, pero ese saber es activo y no la resignación del que marca el paso. Con su mano libre se abofetea la cara la mayor parte del día, y en los momentos libres abofetea la de los demás, que se lo retribuyen por triplicado. Ocupa así su tiempo con líos monstruosos que abarcan amantes, amigos, acreedores y funcionarios, y en los pocos ratos que le quedan libres hace de su libertad un uso que asombra a los demás y que acaba siempre en pequeñas catástrofes irrisorias, a la medida de él y de sus ambiciones realizables; otra libertad más secreta y evasiva lo trabaja, pero solamente él (y eso apenas) podría dar cuenta de sus juegos.»

*(Capítulo 74)*

Nota pedantísima de Morelli: «Intentar el 'roman comique' en el sentido en que un texto alcance a insinuar otros valores y colabore así en esa antropofanía que seguimos creyendo posible. Parecería que la novela usual malogra la búsqueda al limitar al lector a su ámbito, más definido cuanto mejor sea el novelista. Detención forzosa en los diversos grados de lo dramático, psicológico, trágico, satírico o político. Intentar en cambio un texto que no agarre al lector pero que lo vuelva obligadamente cómplice al murmurarle, por debajo del desarrollo convencional, otros rumbos más esotéricos. Escritura demótica para el lector-hembra (que por lo demás no pasará de las primeras páginas, rudamente perdido y escandalizado, maldiciendo lo que le costó el libro), con un vago reverso de escritura hierática.

»Provocar, asumir un texto desaliñado, desanudado, incongruente, minuciosamente antinovelístico (aunque no antinovelesco). Sin vedarse los grandes efectos del género cuando la situación lo requiera, pero recordando el consejo gidiano, *ne jamais profiter de l'élan acquis.* Como todas las criaturas de elección del Occidente, la novela se contenta con un orden cerrado. Resueltamente en contra, buscar también aquí la apertura y para eso cortar de raíz toda construcción sistemática de caracteres y situaciones. Método: la ironía, la autocrítica incesante, la incongruencia, la imaginación al servicio de nadie.

»Una tentativa de este orden parte de una repulsa de la literatura; repulsa parcial puesto que se apoya en la palabra, pero que debe velar en cada operación que emprendan autor y lector. Así, usar la novela como se usa un revólver para defender la paz, cambiando su signo. Tomar de la literatura eso que es puente vivo de hombre a hombre, y que el tratado o el ensayo sólo permite entre especialistas. Una narrativa que no sea pretexto para la transmisión de un 'mensaje' (no hay mensaje, hay mensajeros y eso es el mensaje, así como el amor es el que ama); una narrativa que actúe como coagulante de vivencias, como catalizadora de nociones confusas y mal entendidas, y que incida en primer término en el que la escribe, para lo cual hay que escribirla como antinovela porque todo orden cerrado dejará sistemáticamente afuera esos anuncios que pueden volvernos mensajeros, acercarnos a nuestros propios límites de los que tan lejos estamos cara a cara.

»Extraña autocreación del autor por su obra. Si de ese magma que es el día, la sumersión en la existencia, queremos potenciar valores que anuncien por fin la antropofanía, ¿qué hacer ya con el puro entendimiento, con la altiva razón razonante? Desde los eleatas hasta la fecha el pensamiento dialéctico ha tenido tiempo de sobra para darnos sus frutos. Los estamos comiendo, son deliciosos, hierven de radiactividad. Y al final del banquete, ¿por qué estamos tan tristes, hermanos de mil novecientos cincuenta y pico?»

Otra nota aparentemente complementaria:

«Situación del lector. En general todo novelista espera de su lector que lo comprenda, participando de su propia experiencia, o que recoja un determinado mensaje y lo encarne. El novelista romántico quiere ser comprendido por sí mismo o a través de sus héroes; el novelista clásico quiere enseñar, dejar una huella en el camino de la historia.

»Posibilidad tercera: la de hacer del lector un cómplice, un camarada de camino. Simultaneizarlo, puesto que la lectura abolirá el tiempo del lector y lo trasladará al del autor. Así el lector podría llegar a ser copartícipe y copadeciente de la experiencia por la que pasa el novelista, *en el mismo momento y en la misma forma*. Todo ardid estético es inútil para lograrlo: sólo vale la materia en gestación, la inmediatez vivencial (transmitida por la palabra, es cierto, pero una palabra lo menos estética posible; de ahí la novela 'cómica', los *anticli-*

*max,* la ironía, otras tantas flechas indicadoras que apuntan hacia lo otro).

»Para ese lector, *mon semblable, mon frère,* la novela cómica (¿y qué es *Ulyses?*) deberá transcurrir como esos sueños en los que al margen de un acaecer trivial presentimos una carga más grave que no siempre alcanzamos a desentrañar. En ese sentido la novela cómica debe ser de un pudor ejemplar; no engaña al lector, no lo monta a caballo sobre cualquier emoción o cualquier intención, sino que le da algo así como una arcilla significativa, un comienzo de modelado, con huellas de algo que quizá sea colectivo, humano y no individual. Mejor, le da como una fachada, con puertas y ventanas detrás de las cuales se está operando un misterio que el lector cómplice deberá buscar (de ahí la complicidad) y quizá no encontrará (de ahí el compadecimiento). Lo que el autor de esa novela haya logrado para sí mismo, se repetirá (agigantándose, quizá, y eso sería maravilloso) en el lector cómplice. En cuanto al lector-hembra, se quedará con la fachada y ya se sabe que las hay muy bonitas, muy *trompe l'oeil,* y que delante de ellas se pueden seguir representando satisfactoriamente las comedias y las tragedias del *honnête homme.* Con lo cual todo el mundo sale contento, y a los que protesten que los agarre el beriberi.»

*(Capítulo 79)*

¿Por qué escribo esto? No tengo ideas claras, ni siquiera tengo ideas. Hay jirones, impulsos, bloques, y todo busca una forma, entonces entra en juego el ritmo y yo escribo dentro de ese ritmo, escribo por él, movido por él y no por eso que llaman el pensamiento y que hace la prosa, literaria u otra. Hay primero una situación confusa, que sólo puede definirse en la palabra; de esa penumbra parto, y si lo que quiero decir (si lo que quiere *decirse*) tiene suficiente fuerza, inmediatamente se inicia el *swing,* un balanceo rítmico que me saca a la superficie, lo ilumina todo, conjuga esa materia confusa y el que la padece en una tercera instancia clara y como fatal: la frase, el párrafo, la página, el capítulo, el libro. Ese balanceo, ese *swing,* un balanceo rítmico que me saca a la superficie, lo ilumina todo, conjuga esa materia confusa y el que la padece en una tercera instancia clara y como fatal: la frase, el párrafo, la página, el capítulo, el libro. Ese balanceo, ese *swing* en el que se va informando la materia confusa, es para mí la única certidumbre de su necesidad, porque apenas cesa comprendo que no tengo ya nada que decir. Y también es la única recompensa de mi trabajo: sentir que lo que he escrito es como un lomo de gato bajo la caricia, con chispas y un arquearse cadencioso. Así por la escritura bajo al volcán, me acerco a las Madres, me conecto con el Centro —sea lo que sea. Escribir es dibujar mi mandala y a la vez recorrerlo, inventar la purificación purificándose; tarea de pobre shamán blanco con calzoncillos de nylon.

*(Capítulo 82)*

Una prosa puede corromperse como un bife de lomo. Asisto hace años a los signos de podredumbre en mi escritura. Como yo, hace sus anginas, sus ictericias, sus apendicitis, pero me excede en el camino de la disolución final. Después de todo podrirse significa terminar con la impureza de los compuestos y devolver sus derechos al sodio, al magnesio, al carbono químicamente puros. Mi prosa se pudre sintácticamente y avanza —con tanto trabajo— hacia la simplicidad. Creo que por eso ya no sé escribir «coherente»; un encabritamiento verbal me deja de a pie a los pocos pasos. *Fixer des vertiges,* qué bien. Pero yo siento que debería fijar elementos. El poema está para eso, y ciertas situaciones de novela o cuento o teatro. Lo demás es tarea de relleno y me sale mal.

—Sí, pero los elementos, ¿son lo esencial? Fijar el carbono vale menos que fijar la historia de los Guermantes.

—Creo oscuramente que los elementos a que apunto son un término de la *composición.* Se invierte el punto de vista de la química escolar. Cuando la composición ha llegado a su extremo límite, se abre el territorio de lo elemental. Fijarlos y, si es posible, serlos.

(*Capítulo 94*)

En una que otra nota, Morelli se había mostrado curiosamente explícito acerca de sus intenciones. Dando muestra de un extraño anacronismo, se interesaba por estudios o desestudios tales como el budismo Zen, que en esos años era la urticaria de la *beat generation*. El anacronismo no estaba en eso sino en que Morelli parecía mucho más radical y más joven en sus exigencias espirituales que los jóvenes californianos borrachos de palabras sánscritas y cerveza en lata. Una de las notas aludía suzukianamente al lenguaje como una especie de exclamación o grito surgido directamente de la experiencia interior. Seguían varios ejemplos de diálogos entre maestros y discípulos, por completo ininteligibles para el oído racional y para toda lógica dualista y binaria, así como de respuestas de los maestros a las preguntas de sus discípulos, consistentes por lo común en descargarles un bastón en la cabeza, echarles un jarro de agua, expulsarlos a empellones de la casa o, en el mejor de los casos, repetirles la pregunta en la cara. Morelli parecía moverse a gusto en ese universo aparentemente demencial, y dar por supuesto que esas conductas magistrales constituían la verdadera lección, el único *modo* de abrir el ojo espiritual del discípulo y revelarle la verdad. Esa violenta irracionalidad le parecía *natural,* en el sentido de que abolía las estructuras que constituyen la especialidad del Occidente, los ejes donde pivota el entendimiento histórico del hombre y que tienen en el pensamiento discursivo (e incluso en el sentimiento estético y hasta poético) su instrumento de elección.

El tono de las notas (apuntes con vistas a una mnemotecnia o a un fin no bien explicado) parecía indicar que Morelli estaba lanzado a una aventura análoga en la obra que penosamente había venido escribiendo y publicando en esos años. Para algunos de sus lectores (y para él mismo) resultaba irrisoria la intención de escribir una especie de novela prescindiendo de las articulaciones lógicas del discurso. Se acababa por adivinar como una transacción, un procedimiento (aunque quedara en pie el absurdo de elegir una narración para fines que no parecían narrativos).*

* ¿Por qué no? La pregunta se la hacía el mismo Morelli en un papel cuadriculado en cuyo margen había una lista de legumbres, probablemente un *memento buffandi*. Los profetas, los místicos, la noche oscura del alma: utilización frecuente del relato en forma de apólogo o visión. Claro que una novela... Pero ese escándalo nacía más de la manía genérica y clasificatoria del mono -occidental que de una verdadera contradicción interna.**

** Sin contar que, cuanto más violenta fuera la contradicción interna, más eficacia podría dar a una, digamos, técnica al modo Zen. A cambio del bastonazo en la cabeza, una novela absolutamente antinovelesca, con el escándalo y el choque consiguiente, y quizá con una apertura para los más avisados.***

*** Como esperanza de esto último, otro papelito continuaba la cita suzukiana en el sentido de que la comprensión del extraño lenguaje de los maestros significa la comprensión de sí mismo por parte del discípulo y no la del sentido de ese lenguaje. Contrariamente a lo que podría deducir el astuto filósofo europeo, el lenguaje del maestro Zen transmite ideas y no sentimientos o intuiciones. Por eso no sirve en cuanto lenguaje en sí, pero como la elección de las frases proviene del maestro, el misterio se cumple en la región que le es propia y el discípulo se abre a sí mismo, se comprende, y la frase pedestre se vuelve llave.****

**** Por eso Etienne, que había estudiado analíticamente los trucos de Morelli (cosa que a Oliveira le hubiera parecido una garantía de fracaso) creía reconocer en ciertos pasajes del libro, incluso en capítulos enteros, una especie de gigantesca amplificación *ad usum homo sapiens* de ciertas bofetadas Zen. A esas partes del libro Morelli las llamaba «arquepítulos» y «capetipos», adefesios verbales donde se adivinaba una mezcla no por nada joyciana. En cuanto a lo que tuvieran que hacer ahí los arquetipos, era tema de desasosiego para Wong y Gregorovius.*****

***** Observación de Etienne: De ninguna manera Morelli parecía querer treparse al árbol bodhi, al Sinaí o a cualquier plataforma revelatoria. No se proponía actitudes magistrales desde las cuales guiar al lector hacia nuevas y verdes praderas. Sin servilismo (el viejo era de origen italiano y se encaramaba fácilmente al do de pecho, hay que decirlo) escribía como si él mismo, en una tentativa desesperada y conmovedora, imaginara al maestro que debería iluminarlo. Soltaba su frase Zen, se quedaba escuchándola —a veces a lo largo de cincuenta páginas, el muy monstruo—, y hubiera sido absurdo y de mala fe sospechar que esas páginas estaban orientadas a un lector. Si Morelli las publicaba era en parte por su lado italiano («Ritorna vincitor!») y en parte porque estaba encantado de lo vistosas que le resultaban.******

****** Etienne veía en Morelli al perfecto occidental, al colonizador. Cumplida su modesta cosecha de amapolas búdicas, se volvía con las semillas al Quartier Latin. Si la revelación última era lo que quizá lo esperanzaba más, había que reconocer que su libro constituía ante todo una empresa literaria, precisamente porque se proponía como una destrucción de formas (de fórmulas) literarias.*******

******* También era occidental, dicho sea en su alabanza, por la convicción cristiana de que no hay salvación individual posible, y que las faltas del uno manchan a todos y viceversa. Quizá por eso (pálpito de Oliveira) elegía la forma novela para sus andanzas, y además publicaba lo que iba encontrando o desencontrando.

*(Capítulo 95)*

A Gregorovius, agente de fuerzas heteróclitas, le había interesado una nota de Morelli: «Internarse en una realidad o en un modo posible de una realidad, y sentir cómo aquello que en una primera instancia parecía el absurdo más desaforado, llega a valer, a articularse con otras formas absurdas o no, hasta que del tejido divergente (con relación al dibujo estereotipado de cada día) surge y se define un dibujo coherente que sólo por comparación temerosa con aquél parecerá insensato o delirante o incomprensible. Sin embargo, ¿no peco por exceso de confianza? Negarse a hacer *psicologías* y osar al mismo tiempo poner a un lector —a un cierto lector, es verdad— en contacto con un mundo *personal*, con una vivencia y una meditación personales... Ese lector carecerá de todo puente, de toda ligazón intermedia, de toda articulación causal. Las cosas en bruto: conductas, resultantes, rupturas, catástrofes, irrisiones. Allí donde debería haber una despedida hay un dibujo en la pared; en vez de un grito, una caña de pescar; una muerte se resuelve en un trío para mandolinas. Y eso es despedida, grito y muerte, pero, ¿quién está dispuesto a desplazarse, a desaforarse, a descentrarse, a descubrirse? Las formas exteriores de la novela han cambiado, pero sus héroes siguen siendo los avatares de Tristán, de Jane Eyre, de Lafcadio, de Leopold Bloom, gente de la calle, de la casa, de la alcoba, *caracteres*. Para un héroe como Ulrich (*more Musil*) o Molloy (*more Beckett*), hay quinientos Darley (*more Durrell*). Por lo que me toca, me pregunto si alguna vez conseguiré hacer sentir que el verdadero y único personaje que me interesa es el lector, en la medida en que algo de lo que escribo debería contribuir a mutarlo, a desplazarlo, a extrañarlo, a enajenarlo.» Pese a la tácita confesión de derrota de la última frase, Ronald encontraba en esta nota una presunción que le desagradaba.

(Capítulo 97)

Sumamente hormiga, Wong acabó por descubrir
en la biblioteca de Morelli un ejemplar dedicado de
*Die Vervirrungen des Zöglings Törless,* de Musil,
con el siguiente pasaje enérgicamente subrayado:

«¿Cuáles son las cosas que me parecen extrañas?
Las más triviales. Sobre todo, los objetos inanima-
dos. ¿Qué es lo que parece extraño en ellos? Algo
que no conozco. ¡Pero es justamente eso! ¿De dónde
diablos saco esa noción de «algo»? Siento que está
ahí, que existe. Produce en mí un efecto, como si
tratara de hablar. Me exaspero, como quien se es-
fuerza por leer en los labios torcidos de un paralítico,
sin conseguirlo. Es como si tuviera un sentido adi-
cional, uno más que los otros, pero que no se ha
desarrollado del todo, un sentido que está ahí y se
hace notar, pero que no funciona. Para mí el mundo
está lleno de voces silenciosas. ¿Significa eso que
soy un vidente, o que tengo alucinaciones?»

Ronald encontró esta cita de *La carta de Lord
Chandos,* de Hofmannsthal:

«Así como había visto cierto día con un vidrio
de aumento la piel de mi dedo meñique, semejante a
una llanura con surcos y hondonadas, así veía ahora
a los hombres y sus acciones. Ya no conseguía per-
cibirlos con la mirada simplificadora de la costum-
bre. Todo se descomponía en fragmentos que se frag-
mentaban a su vez; nada conseguía captar por medio de una noción definida.»

*(Capítulo 102)*

En alguna parte Morelli procuraba justificar sus incoherencias narrativas, sosteniendo que la vida de los otros, tal como nos llega en la llamada realidad, no es cine sino fotografía, es decir que no podemos aprehender la acción sino tan sólo sus fragmentos eleáticamente recortados. No hay más que los momentos en que estamos con ese otro cuya vida creemos entender, o cuando nos hablan de él, o cuando él nos cuenta lo que le ha pasado o proyecta ante nosotros lo que tiene intención de hacer. Al final queda un álbum de fotos, de instantes fijos; jamás el devenir realizándose ante nosotros, el paso del ayer al hoy, la primera aguja del olvido en el recuerdo. Por eso no tenía nada de extraño que él hablara de sus personajes en la forma más espasmódica imaginable; dar coherencia a la serie de fotos para que pasaran a ser cine (como le hubiera gustado tan enormemente al lector que él llamaba el lector-hembra) significaba rellenar con literatura, presunciones, hipótesis e invenciones los hiatos entre una y otra foto. A veces las fotos mostraban una espalda, una mano apoyada en una puerta, el final de un paseo por el campo, la boca que se abre para gritar, unos zapatos en el ropero, personas andando por el Champ de Mars, una estampilla usada, el olor de *Ma Griffe,* cosas así. Morelli pensaba que la vivencia de esas fotos, que procuraba presentar con toda la acuidad posible, debía poner al lector en condiciones de aventurarse, de participar casi en el destino de sus personajes. Lo que él iba sabiendo de ellos por vía imaginativa, se concretaba inmediatamente en acción, sin ningún artificio destinado a integrarlo en lo ya escrito o por escribir. Los puentes entre una y otra instancia de esas vidas tan vagas y poco caracterizadas, debería presumirlos o inventarlos el lector, desde la manera de peinarse, si Morelli no la mencionaba, hasta las razones de una conducta o una inconducta, si parecía insólita o excéntrica. El libro debía ser como esos dibujos que proponen los psicólogos de la Gestalt, y así ciertas líneas inducirían al observador a trazar imaginativamente las que cerraban la figura. Pero a veces las líneas ausentes eran las más importantes, las únicas que realmente contaban. La coquetería y la petulancia de Morelli en este terreno no tenían límite.

Leyendo el libro, se tenía por momentos la impresión de que Morelli había esperado que la acumulación de fragmentos cristalizara bruscamente en una realidad total. Sin tener que inventar los puentes, o coser los diferentes pedazos del tapiz, que de golpe hubiera ciudad, hubiera tapiz, hubiera hombres y mujeres en la perspectiva absoluta de su devenir, y que Morelli, el autor, fuese el primer espectador maravillado de ese mundo que ingresaba en la coherencia.

Pero no había que fiarse, porque coherencia quería decir en el fondo asimilación al espacio y al tiempo, ordenación a gusto del lector-hembra. Morelli no hubiera consentido en eso, más bien parecía buscar una cristalización que, sin alterar el desorden en que circulaban los cuerpos de su pequeño sistema planetario, permitiera la comprensión ubicua y total de sus razones de ser, fueran éstas el desorden mismo, la inanidad o la gratuidad. Una cristalización en la que nada quedara subsumido, pero donde un ojo lúcido pudiese asomarse al calidoscopio y entender la gran rosa policroma, entenderla como una figura, *imago mundis* que por fuera del calidoscopio se resolvía en living room de estilo provenzal, o concierto de tías tomando té con galletitas Bagley.

(Capítulo 109)

Estoy revisando un relato que quisiera lo menos
literario posible. Empresa desesperada desde el vamos, en la revisión saltan en seguida las frases in-
soportables. Un personaje llega a una escalera:
«Ramón emprendió el descenso...» Tacho y escribo: «Ramón empezó a bajar...» Dejo la revisión
para preguntarme una vez más las verdaderas razones de esta repulsión por el languaje «literario».
*Emprender el descenso* no tiene nada de malo como
no sea su facilidad; pero *empezar a bajar* es exactamente lo mismo salvo que más crudo, *prosaico*
(es decir, mero vehículo de información), mientras
que la otra forma parece ya combinar lo útil con lo
agradable. En suma, lo que me repele en «emprendió
el descenso» es el uso decorativo de un verbo y un
sustantivo que no empleamos casi nunca en el habla
corriente; en suma, me repele el lenguaje literario
(en mi obra, se entiende). ¿Por qué?

De persistir en esa actitud, que empobrece vertiginosamente casi todo lo que he escrito en los últimos años, no tardaré en sentirme incapaz de for-
mular la menor idea, de intentar la más simple descripción. Si mis razones fueran las del Lórd Chandos de Hofmannsthal, no habría motivo de queja,
pero si esta repulsión a la retórica (porque en el
fondo es eso) sólo se debe a un desecamiento verbal,
correlativo y paralelo a otro vital, entonces sería
preferible renunciar de raíz a toda escritura. Releer
los resultados de lo que escribo en estos tiempos me
aburre. Pero a la vez, detrás de esa pobreza deliberada, detrás de ese «empezar a bajar» que sustituye
a «emprender el descenso», entreveo algo que me
alienta. Escribo muy mal, pero algo pasa a través.
El «estilo» de antes era un espejo para lectores-
alondra; se miraban, se solazaban, se reconocían,
como ese público que espera, reconoce y goza las
réplicas de los personajes de un Salacrou o un A-

nouilh. Es mucho más fácil escribir así que escribir («desescribir», casi) como quisiera hacerlo ahora, porque ya no hay diálogo o encuentro con el lector, hay solamente esperanza de un cierto diálogo con un cierto y remoto lector. Por supuesto, el problema se sitúa en un plano *moral*. Quizá la arteriosclerosis, el avance de la edad acentúan esta tendencia —un poco misantrópica, me temo— a exaltar el *ethos* y descubrir (en mi caso es un descubrimiento bien tardío) que los órdenes estéticos son más un espejo que un pasaje para la ansiedad metafísica.

Sigo tan sediento de absoluto como cuando tenía veinte años, pero la delicada crispación, la delicia ácida y mordiente del acto creador o de la simple contemplación de la belleza, no me parecen ya un premio, un acceso a una realidad absoluta y satisfactoria. Sólo hay una belleza que todavía puede darme ese acceso, aquélla que es un fin y no un medio, y que lo es porque su creador ha identificado en sí mismo su sentido de la condición humana con su sentido de la condición de artista. En cambio el plano meramente estético me parece eso: meramente. No puedo explicarme mejor.

*(Capítulo 112)*

Basándose en una serie de notas sueltas, muchas veces contradictorias, el Club dedujo que Morelli veía en la narrativa contemporánea un avance hacia la mal llamada abstracción. «La música pierde melodía, la pintura pierde anécdota, la novela pierde descripción.» Wong, maestro en *collages* dialécticos, sumaba aquí este pasaje: «La novela que nos interesa no es la que va colocando los personajes en la situación, sino la que instala la situación en los personajes. Con lo cual éstos dejan de ser personajes para volverse personas. Hay como una extrapolación mediante la cual ellos saltan hacia nosotros, o nosotros hacia ellos. El K. de Kafka se llama como su lector, o al revés.» Y a esto debía agregarse una nota bastante confusa, donde Morelli tramaba un episodio en el que dejaría en blanco el nombre de los personajes, para que en cada caso esa supuesta abstracción se resolviera obligadamente en una atribución hipotética.

*(Capítulo 115)*

En un pasaje de Morelli, este epígrafe de *L'Abbé C*, de Georges Bataille: «Il souffrait d'avoir introduit des figures décharnées, qui se déplaçaient dans un monde dément, qui jamais ne pourraient convaincre».

Una nota con lápiz, casi ilegible: «Sí, se sufre de a ratos, pero es la única salida decente. Basta de novelas hedónicas, premasticadas, con *psicologías*. Hay que tenderse al máximo, ser *voyant* como quería Rimbaud. El novelista hedónico no es más que un *voyeur*. Por otro lado, basta de técnicas puramente descriptivas, de novelas "del comportamiento", meros guiones de cine sin el rescate de las imágenes.»

A relacionar con otro pasaje: «¿Cómo *contar* sin cocina, sin maquillaje, sin guiñadas de ojo al lector? Tal vez renunciando al supuesto de que una narración es una obra de arte. Sentirla como sentiríamos el yeso que vertemos sobre un rostro para hacerle una mascarilla. Pero el rostro debería ser el nuestro.»

Y quizá también esta nota suelta: «Lionello Venturi, hablando de Manet y su *Olympia,* señala que Manet prescinde de la naturaleza, la belleza, la acción y las intenciones morales, para concentrarse en la imagen plástica. Así, sin que él lo sepa, está operando como un retorno del arte moderno a la Edad Media. Ésta había entendido el arte como una serie de imágenes, sustituidas durante el Renacimiento y la época moderna por la representación de la realidad. El mismo Venturi (¿o es Giulio Carlo Argan?) agrega: "La ironía de la historia ha querido que en el mismo momento en que la representación de la realidad se volvía objetiva, y por ende fotográfica y mecánica, un brillante parisiense que quería hacer realismo haya sido impulsado por su formidable genio a devolver el arte a su función de creador de imágenes..."»

Morelli añade: «Acostumbrarse a emplear la expresión *figura* en vez de *imagen,* para evitar confusiones. Sí, todo coincide. Pero no se trata de una vuelta a la Edad Media ni cosa parecida. Error de postular un tiempo histórico absoluto: Hay tiempos diferentes *aunque paralelos.* En ese sentido, uno de los tiempos de la llamada Edad Media puede coincidir con uno de los tiempos de la llamada Edad Moderna. Y ese tiempo es el percibido y habitado por pintores y escritores que rehúsan apoyarse en la circunstancia, ser 'modernos' en el sentido en que lo entienden los contemporáneos, lo que no significa que opten por ser anacrónicos; sencillamente están al margen del tiempo superficial de su época, y desde ese otro tiempo donde todo accede a la condición de *figura,* donde todo vale como signo y no como tema de descripción, intentan una obra que puede parecer ajena o antagónica a su tiempo y a su historia circundantes, y que sin embargo los incluye, los explica, y en último término los orienta hacia una trascendencia en cuyo término está esperando el hombre.»

*(Capítulo 116)*

Había que proponerse, según Morelli, un movimiento al margen de toda *gracia*. En lo que él llevaba cumplido de ese movimiento, era fácil advertir el casi vertiginoso empobrecimiento de su mundo novelístico, no solamente manifiesto en la inopia casi simiesca de los personajes sino en el mero transcurso de sus acciones y sobre todo de sus inacciones. Acababa por no pasarles nada, giraban en un comentario sarcástico de su inanidad, fingían adorar ídolos ridículos que presumían haber descubierto. A Morelli eso debía parecerle importante porque había multiplicado las notas sobre una supuesta exigencia, un recurso final y desesperado para arrancarse de las huellas de la ética inmanente y trascendente, en busca de una desnudez que él llamaba axial y a veces, *el umbral.* ¿Umbral de qué, a qué? Se deducía una incitación a algo como darse vuelta al modo de un guante, de manera de recibir desolladamente un contacto con una realidad sin interposición de mitos, religiones, sistemas y reticulados. Era curioso que Morelli abrazaba con entusiasmo las hipótesis de trabajo más recientes de la ciencia física y la biología, se mostraba convencido de que el viejo dualismo se había agrietado ante la evidencia de una común reducción de la materia y el espíritu a nociones de energía. En consecuencia, sus monos sabios parecían querer retroceder cada vez más hacia sí mismos, anulando por una parte las quimeras de una realidad mediatizada y traicionada por los supuestos instrumentos cognoscitivos, y anulando a la vez su propia fuerza mitopoyética, su «alma», para acabar en una especie de encuentro *ab ovo,* de encogimiento al máximo, a ese punto en que va a perderse la última chispa de (falsa) humanidad. Parecía proponer —aunque no llegaba a formularlo nunca— un camino que empezara a partir de esa liquidación externa e interna. Pero había quedado casi sin palabras, sin gente, sin cosas, y potencialmente, claro, sin lectores. El Club suspiraba, entre deprimido y exasperado, y era siempre la misma cosa o casi.

*(Capítulo 124)*

Si el volumen o el tono de la obra pueden llevar a creer que el autor intentó una suma, apresurarse a señalarle que está ante la tentativa contraria, la de una *resta* implacable.

*(Capítulo 137)*

No llevaba muchas páginas darse cuenta de que Morelli apuntaba a otra cosa. Sus alusiones a las capas profundas del *Zeitgeist*, los pasajes donde la ló(gi)ca acababa ahorcándose con los cordones de las zapatillas, incapaz hasta de rechazar la incongruencia erigida en ley, evidenciaban la intención espeleológica de la obra. Morelli avanzaba y retrocedía en una tan abierta violación del equilibrio y los principios que cabría llamar *morales* del espacio, que bien podía suceder (aunque de hecho no sucedía, pero nada podía asegurarse) que los acaecimientos que relatara sucedieran en cinco minutos capaces de enlazar la batalla de Actium con el *Anschluss* de Austria (las tres A tendrían posiblemente algo que ver en la elección o más probablemente la aceptación de esos momentos históricos), o que la persona que apretaba el timbre de una casa de la calle Cochamba al mil doscientos franqueara el umbral para salir a un patio de la casa de Menandro en Pompeya. Todo eso era más bien trivial y Buñuel, y a los del Club no se les escapaba su valor de mera incitación o de parábola abierta a otro sentido más hondo y escabroso. Gracias a esos ejercicios de volatinería, semejantísimos a los que vuelven tan vistosos los Evangelios, los Upanishads y otras materias cargadas de trinitrotolueno shamánico, Morelli se daba el gusto de seguir fingiendo una literatura que en el fuero interno minaba, contraminaba y escarnecía. De golpe las palabras, toda una lengua, la superestructura de un estilo, una semántica, una psicología y una facticidad se precipitaban a espeluznantes harakiris. ¡Banzai! Hasta nueva orden, o sin garantía alguna: al final había siempre un hilo tendido más allá, saliéndose del volumen, apuntando a un tal vez, a un a lo mejor, a un quién sabe, que dejaba en suspenso toda visión petrificante de la obra. Y esto que desesperaba a Perico Romero, hombre necesitado de certezas, hacía temblar de delicia a Oliveira, exaltaba la imaginación de Etienne, de

Wong y de Ronald, y obligaba a la Maga a bailar descalza con un alcaucil en cada mano.

A lo largo de discusiones manchadas de calvados y tabaco, Etienne y Oliveira se habían preguntado por qué odiaba Morelli la literatura, y por qué la odiaba desde la literatura misma en vez de repetir el *Exeunt* de Rimbaud o ejercitar en su temporal izquierdo la notoria eficacia de un Colt 32. Oliveira se inclinaba a creer que Morelli había sospechado la naturaleza demoníaca de toda escritura recreativa (¿y qué literatura no lo era, aunque sólo fuese como excipiente para hacer tragar una gnosis, una praxis o un ethos de los muchos que andaban por ahí o podían inventarse?). Después de sopesar los pasajes más incitantes, había terminado por volverse sensible a un tono especial que teñía la escritura de Morelli. La primera calificación posible de ese tono era el desencanto, pero por debajo se sentía que el desencanto no estaba referido a las circunstancias y acaecimientos que se narraban en el libro, sino a la manera de narrarlos que —Morelli lo había disimulado todo lo posible— revertía en definitiva sobre lo contado. La eliminación del seudo conflicto del fondo y la forma volvía a plantearse en la medida en que el viejo denunciaba, utilizándolo a su modo, el material formal; al dudar de sus herramientas, descalificaba en el mismo acto los trabajos realizados con ellas. Lo que el libro contaba no servía de nada, no era nada, porque estaba mal contado, porque simplemente estaba contado, era literatura. Una vez más se volvía a la irritación del autor contra su escritura y la escritura en general. La paradoja aparente estaba en que Morelli acumulaba episodios imaginados y enfocados en las formas más diversas, procurando asaltarlos y resolverlos con todos los recursos de un escritor dueño de su oficio. No parecía proponerse una teoría, no era nada fuerte para la reflexión intelectual, pero de todo lo que llevaba escrito se desprendía con una eficacia infinitamente más grande que la de cualquier enunciado o cualquier análisis, la corrosión profunda de un mundo denunciado como falso, el ataque por acumulación y no por destrucción, la ironía casi diabólica que podía sospecharse en el éxito de los grandes trozos de bravura, los episodios rigurosamente construidos, la aparente sensación de felicidad literaria que desde hacía años venía haciendo su fama entre los lectores de cuentos y novelas. Un mundo suntuosamente orquestado se resolvía, para los olfatos finos, en la nada; pero el misterio empezaba allí porque al mismo tiempo que se presentía el nihilismo total de la obra, una intuición más demorada podía sospechar que no era ésa la intención de Morelli, que la autodestrucción virtual en cada fragmento del libro era como la búsqueda del metal noble en plena ganga. Aquí había que detenerse, por miedo de equivocar las puertas y pasarse de listo. Las discusiones más feroces de Oliveira y Etienne se armaban a esta altura de su esperanza, porque tenían el pavor de estarse equivocando, de ser un par de perfectos cretinos empecinados en creer que no se puede levantar la torre de Babel para que al final no sirva de nada. La moral de occidente se les aparecía a esa hora como una proxeneta, insinuándoles una a una todas las ilusiones de treinta siglos inevitablemente heredados, asimilados y masticados. Era duro renunciar a creer que una flor puede ser hermosa para la nada; era amargo aceptar que se puede bailar en la oscuridad. Las alusiones de Morelli a la inversión de los signos, a un mundo visto con otras y desde otras dimensiones, como preparación inevitable a una visión más pura (y todo esto en un pasaje resplandecientemente escrito, y a la vez sospechoso de burla, de helada ironía frente al espejo) los exasperaba al tenderles la percha de una casi esperanza, de una justificación, pero negándoles a la vez la seguridad total, manteniéndolos en una ambigüedad insoportable. Si algún consuelo les quedaba era pensar que también Morelli se movía en esa misma ambigüedad, orquestando una obra cuya legítima primera audición debía ser quizá el más absoluto de los silencios. Así avanzaban por las páginas, maldiciendo y fascinados, y la Maga terminaba siempre por enroscarse como un gato en un sillón, cansada de incertidumbres, mirando cómo amanecía sobre los techos de pizarra, a través de todo ese humo que podía caber entre unos ojos y una ventana cerrada y una noche ardorosamente inútil.

*(Capítulo 141)*

Una cita:
«Esas, pues, son las fundamentales, capitales y filosóficas razones que me indujeron a edificar la obra sobre la base de partes sueltas —conceptuando la obra como una partícula de la obra— y tratando al hombre como una fusión de partes de cuerpo y partes de alma —mientras a la Humanidad entera la trato como a un mezclado de partes. Pero si alguien me hiciese tal objeción: que esta parcial concepción mía no es, en verdad, ninguna concepción, sino una mofa, chanza, fisga y engaño, y que yo, en vez de sujetarme a las severas reglas y cánones del Arte, estoy intentando burlarlas por medio de irresponsables chungas, zumbas y muecas, contestaría que sí, que es cierto, que justamente tales son mis propósitos. Y, por Dios —no vacilo en confesarlo— yo deseo esquivarme tanto de vuestro Arte, señores, como de vosotros mismos, ¡pues no puedo soportaros junto con aquel Arte, con vuestras concepciones,. vuestra actitud artística y con todo vuestro medio artístico!»

GOMBROWICZ, *Ferdydurke*, Cap. IV. Prefacio al Filidor forrado de niño.

*(Capítulo 145)*

Basta mirar un momento con los ojos de todos los días el comportamiento de un gato o de una mosca para sentir que esa nueva visión a que tiende la ciencia, esa des-antropomorfización que proponen urgentemente los biólogos y los físicos como única posibilidad de enlace con hechos tales como el instinto o la vida vegetal, no es otra cosa que la remota, aislada, insistente voz con que ciertas líneas del budismo, del vedanta, del sufismo, de la mística occidental, nos instan a renunciar de una vez por todas a la mortalidad.

*(Capítulo 151)*

De *La vuelta al día en ochenta mundos*

# Del sentimiento de no estar del todo

*Jamais réel et toujours vrai*
(En un dibujo de Antonin Artaud)

Siempre seré como un niño para tantas cosas, pero uno de esos niños que desde el comienzo llevan consigo al adulto, de manera que cuando el monstruito llega verdaderamente a adulto ocurre que a su vez éste lleva consigo al niño, y *nel mezzo del camin* se da una coexistencia pocas veces pacífica de por lo menos dos aperturas al mundo.

Esto puede entenderse metafóricamente pero apunta en todo caso a un temperamento que no ha renunciado a la visión pueril como precio de la visión adulta, y esa yuxtaposición que hace al poeta y quizá al criminal, y también al cronopio y al humorista (cuestión de dosis diferentes, de acentuación aguda o esdrújula, de elecciones: ahora juego, ahora mato) se manifiesta en el sentimiento de no estar del todo en cualquiera de las estructuras, de las telas que arma la vida y en las que somos a la vez araña y mosca.

Mucho de lo que he escrito se ordena bajo el signo de la *excentricidad,* puesto que entre vivir y escribir nunca admití una clara diferencia; si viviendo alcanzo a disimular una participación parcial en mi circunstancia, en cambio no puedo negarla en lo que escribo puesto que precisamente escribo por no estar o por estar a medias. Escribo por falencia, por descolocación; y como escribo desde un intersticio, estoy siempre invitando a que otros busquen los suyos y miren por ellos el jardín donde los árboles tienen frutos que son, por supuesto, piedras preciosas. El monstruito sigue firme.

Esta especie de constante lúdica explica, si no justifica, mucho de lo que he escrito o he vivido. Se reprocha a mis novelas —ese juego al borde del balcón, ese fósforo al lado de la botella de nafta, ese revólver cargado en la mesa de luz— una búsqueda intelectual de la novela misma, que sería así como un continuo comentario de la acción y muchas veces la acción de un comentario. Me aburre argumentar a posteriori que a lo largo de esa dialéctica mágica un hombre-niño está luchando por rematar el juego de su vida: *que sí, que no, que en ésta está.* Porque un juego, bien mirado, ¿no es un proceso que parte de una descolocación para llegar a una colocación, a un emplazamiento —gol, jaque mate, piedra libre? ¿No es el cumplimiento de una ceremonia que marcha hacia la fijación final que la corona?

El hombre de nuestro tiempo cree fácilmente que su información filosófica e histórica lo salva del realismo ingenuo. En conferencias universitarias y en charlas de café llega a admitir que la realidad no es lo que parece, y está siempre dispuesto a reconocer que sus sentidos lo engañan y que su inteligencia le fabrica una visión tolerable pero incompleta del mundo. Cada vez que piensa metafísicamente se siente «más triste y más sabio», pero su admisión es momentánea y excepcional mientras que el continuo de la vida lo instala de lleno en la apariencia, la concreta en torno de él, la viste de definiciones, funciones y valores. Ese hombre es un ingenuo realista más que un realista ingenuo. Basta observar su comportamiento frente a lo excepcional, lo insólito; o lo reduce a fenómeno estético o poético («era algo realmente surrealista, te juro») o renuncia en seguida a indagar en la entrevisión que han podido darle un sueño, un acto fallido, una asociación verbal o causal fuera de lo común, una coincidencia turbadora, cualquiera de las instantáneas fracturas del continuo. Si se lo interroga, dirá que no cree del todo en la realidad cotidiana y que sólo la acepta pragmáticamente. Pero vaya si cree, es en lo único que cree. Su sentido de la vida se parece al mecanismo de su mirada. A veces tiene una efímera conciencia de que cada tantos segundos los párpados interrumpen la visión que su conciencia ha decidido entender como permanente y continua; pero casi de inmediato el pestañeo vuelve a ser inconsciente, el libro o la manzana se fijan en su obstinada apariencia. Hay como un acuerdo de caballeros entre la circunstancia y los circunstanciados: tú no me sacas de mis costumbres, y yo no te ando escarbando con un palito. Pero ahora pasa que el hombre-niño no es un caballero sino un cronopio que no entiende bien el sistema de líneas de fuga gracias a las cuales se crea una perspectiva satisfactoria de esa circunstancia, o bien, como sucede en los *collages* mal resueltos, se siente en una escala diferente con respecto a la de la circunstancia, una hormiga que ño cabe en un palacio o un número cuatro en el que no caben más que tres o cinco unidades. A mí esto me ocurre palpablemente, a veces soy más grande que el caballo que monto, y otros días me caigo en uno de mis zapatos y me doy un golpe terrible, sin contar el trabajo para salir, las escalas fabricadas nudo a nudo con los cordones y el terrible descubrimiento, ya en el borde, de que alguien ha guardado el zapato en un ropero y que estoy peor que Edmundo Dantés en el castillo de If porque ni siquiera hay un abate a tiro en los roperos de mi casa.

Y me gusta, y soy terriblemente feliz en mi infierno, y escribo. Vivo y escribo amenazado por esa lateralidad, por ese *paralaje verdadero,* por ese estar siempre un poco más a la izquierda o más al fondo del lugar donde se debería estar para que todo cuajara satisfactoriamente en un día más de vida sin conflictos. Desde muy pequeño asumí con los dientes apretados esa condición que me dividía de mis amigos y a la vez los atraía hacia el raro, el diferente, el que metía el dedo en el ventilador. No estaba privado de felicidad; la única condición era coincidir de a ratos (el camarada, el tío excéntrico, la vieja loca) con otro que tampoco calzara de lleno en su matrícula, y desde luego no era fácil; pero pronto descubrí los gatos, en los que podía imaginar mi propia condición, y los libros donde la encontraba de lleno. En esos años hubiera podido decirme los versos quizá apócrifos de Poe:

> From childhood's hour I have not been
> As others were; I have not seen
> As others saw; I could not bring
> My passions from a common spring—

Pero lo que para el virginiano era un estigma (luciferino, pero por ello mismo monstruoso) que lo aislaba y condenaba,

> And all I loved, I loved alone

no me divorció de aquellos cuyo redondo universo sólo tangencialmente compartía. Hipócrita sutil, aptitud para todos los mimetismos, ternura que rebasaba los límites y me los disimulaba; las sorpresas y las aflicciones de la primera edad se teñían de ironía amable. Me acuerdo: a los once años presté a un camarada *El secreto de Wilhelm Storitz,* donde Julio Verne me proponía como siempre un comercio natural y entrañable con una realidad nada desemejante a la cotidiana. Mi amigo me devolvió el libro: «No lo terminé, es demasiado fantástico.» Jamás renunciaré a la sorpresa escandalizada de ese minuto. ¿Fantástica, la invisibilidad de un hombre? Entonces, ¿sólo en el fútbol, en el café con leche, en las primeras confidencias sexuales podíamos encontrarnos?

Adolescente, creí como tantos que mi continuo extrañamiento era el signo anunciador del poeta, y escribí los poemas que se escriben entonces y que siempre son más fáciles de escribir que la prosa a esa altura de la vida que repite en el individuo las

62

fases de la literatura. Con los años descubrí que si todo poeta es un extrañado, no todo extrañado es poeta en la acepción genérica del término. Entro aquí en terreno polémico, recoja el guante quien quiera. Si por poeta entendemos funcionalmente al que escribe poemas, la razón de que los escriba (no se discute la calidad) nace de que su extrañamiento como persona suscita siempre un mecanismo de *challenge and response;* así, cada vez que el poeta es sensible a su lateralidad, a su situación extrínseca en una realidad aparentemente intrínseca, reacciona poéticamente (casi diría profesionalmente, sobre todo a partir de su madurez técnica); dicho de otra manera, escribe poemas que son como petrificaciones de ese extrañamiento, lo que el poeta ve o siente en lugar de, o al lado de, o por debajo de, o en contra de, remitiendo este *de* a lo que los demás ven tal como creen que es, sin desplazamiento ni crítica interna. Dudo de que exista un solo gran poema que no haya nacido de esa extrañeza o que no la traduzca; más aún, que no la active y la potencie al sospechar que es precisamente la zona intersticial por donde cabe *acceder.* También el filósofo se extraña y se descoloca deliberadamente para descubrir las fisuras de lo aparencial, y su búsqueda nace igualmente de un *challenge and response;* en ambos casos, aunque los fines sean diferentes, hay una respuesta instrumental, una actitud técnica frente a un objeto definido.

Pero ya se ha visto que no todos los extrañados son poetas o filósofos profesionales. Casi siempre empiezan por serlo o por querer serlo, pero llega el día en que se dan cuenta de que no pueden o que no están obligados a esa *response* casi fatal que es el poema o la filosofía frente al *challenge* del extrañamiento. Su actitud se vuelve defensiva, egoísta si se quiere puesto que se trata de preservar por sobre todo la lucidez, resistir a la solapada deformación que la cotidianeidad codificada va montando en la conciencia con la activa participación de la inteligencia razonante, los medios de información, el hedonismo, la arterioesclerosis y el matrimonio *inter alia*. Los humoristas, algunos anarquistas, no pocos criminales y cantidad de cuentistas y novelistas se sitúan en este sector poco definible en el que la condición de extrañado no acarrea necesariamente una respuesta de orden poético. Estos poetas no profesionales sobrellevan su desplazamiento con mayor naturalidad y menor brillo, y hasta podría decirse que su noción del extrañamiento es lúdica por comparación con la respuesta lírica o trágica del poeta. Mientras éste libra siempre un combate, los extrañados a secas se integran en la excentricidad hasta un punto en que lo excepcional de esa condición, que suscita el *challenge* para el poeta o el filósofo, tiende a volverse condición natural del sujeto extrañado, que así lo ha querido y que por eso ha ajustado su conducta a esa aceptación paulatina. Pienso en Jarry, en un lento comercio a base de humor, de ironía, de familiaridad, que termina por inclinar la balanza del lado de las excepciones, por anular la diferencia escandalosa entre lo sólito y lo insólito, y permite el paso cotidiano, sin *response* concreta porque ya no hay *challenge,* a un plano que a falta de mejor nombre seguiremos llamando realidad pero sin que sea ya un *flatus vocis* o un peor es nada.

## Volviendo a Eugenia Grandet

Tal vez ahora se comprenda mejor algo de lo que quise hacer en lo que llevo escrito, para liquidar un malentendido que acrecienta injustamente las ganancias de las casas Waterman y Pelikan. Los que me reprochan escribir novelas donde casi continuamente se pone en duda lo que acaba de afirmarse o se afirma empecinadamente toda razón de duda, insisten en que lo más aceptable de mi literatura son algunos cuentos donde se advierte una creación unívoca, sin miradas hacia atrás o paseítos hamletianos dentro de la estructura misma de lo narrado. A mí se me hace que esta distinción taxativa entre dos maneras de escribir no se funda tanto en las razones o los logros del autor como en la comodidad del que lee. Para qué volver sobre el hecho sabido de que cuanto más se parece un libro a una pipa de opio más satisfecho queda el chino que lo fuma, dispuesto a lo sumo a discutir la calidad del opio pero no sus efectos letárgicos. Los partidarios de esos cuentos pasan por alto que la anécdota de cada relato es también un testimonio de extrañamiento, cuando no una provocación tendiente a suscitarla en el lector. Se ha dicho que en mis relatos lo fantástico se desgaja de lo «real» o se inserta en él, y que ese brusco y casi siempre inesperado desajuste entre un satisfactorio horizonte razonable y la irrupción de lo insólito es lo que les da eficacia como materia literaria. Pero entonces, ¿qué importa que en esos cuentos se narre sin solución de continuidad una acción capaz de seducir al lector, si lo que subliminalmente lo seduce no es la unidad del proceso narrativo sino la disrupción en plena apariencia unívoca? Un eficaz oficio puede avasallar al lector sin darle oportunidad de ejercer su sentido crítico en el curso de la lectura, pero no es por el oficio que esas narraciones se distinguen de otras tentativas; bien o mal escritas, son en su mayoría de la misma estofa que mis novelas, aperturas sobre el extrañamiento, instancias de una descolocación desde la cual lo sólito cesa de ser tranquilizador porque nada es sólito apenas se lo somete a un escrutinio sigiloso y sostenido. Preguntarle a Macedonio, a Francis Ponge, a Michaux.

Alguien dirá que una cosa es mostrar un extrañamiento tal como se da o como cabe parafrasearlo literariamente, y otra muy distinta debatirlo en un

plano dialéctico como suele ocurrir en mis novelas.
En tanto lector, tiene pleno derecho a preferir uno u
otro vehículo, optar por una participación o por una
reflexión. Sin embargo, debería abstenerse de criticar
la novela en nombre del cuento (o a la inversa si
hubiera alguien tentado de hacerlo) puesto que la
actitud central sigue siendo la misma y lo único di-
símil son las perspectivas en que se sitúa el autor
para multiplicar sus posibilidades intersticiales. *Rayuela* es de alguna manera la filosofía de mis cuentos, una indagación sobre lo que determinó a lo
largo de muchos años su materia o su impulso. Poco
o nada reflexiono al escribir un relato; como ocurre
con los poemas, tengo la impresión de que se hubieran escrito a sí mismos y no creo jactarme si digo que
muchos de ellos participan de esa suspensión de la
contingencia y de la incredulidad en las que Cole-
ridge veía las notas privativas de la más alta operación poética. Por el contrario, las novelas han sido
empresas más sistemáticas, en las que la enajenación
de raíz poética sólo intervino intermitentemente para
llevar adelante una acción demorada por la reflexión.
¿Pero se ha advertido lo bastante que esa reflexión
participa menos de la lógica que de la mántica, que
no es tanto dialéctica como asociación verbal o imaginativa? Lo que llamo aquí reflexión merecería quizá otro nombre o en todo caso otra connotación;
también Hamlet reflexiona sobre su acción o su inac-
ción, también el Ulrich de Musil o el cónsul de Mal-
colm Lowry. Pero es casi fatal que esos altos en la
hipnosis, en los que el autor reclama una vigilia
activa del lector, sean recibidos por los clientes del
fumadero con un considerable grado de consterna-
ción.

Para terminar: también a mí me gustan esos capítulos de *Rayuela* que los críticos han coincidido
casi siempre en subrayar: el concierto de Berthe
Trépat, la muerte de Rocamadour. Y sin embargo
no creo que en ellos esté ni por asomo la justificación

del libro. No puedo dejar de ver que, fatalmente, quienes elogian esos capítulos están elogiando un eslabón más dentro de la tradición novelística, dentro de un terreno familiar y ortodoxo. Me sumo a los pocos críticos que han querido ver en *Rayuela* la denuncia imperfecta y desesperada del *establishment* de las letras, a la vez espejo y pantalla del otro *establishment* que está haciendo de Adán, cibernética y minuciosamente, lo que delata su nombre apenas se lo lee al revés: nada.

## Más sobre la seriedad y otros velorios

¿Quién nos rescatará de la seriedad?, pregunto parafraseando un verso de Ricardo Molinari. La madurez nacional, supongo, que nos llevará a comprender por fin que el humor no tiene por qué seguir siendo el privilegio de anglosajones y de Adolfo Bioy Casares. Cito exprofeso a Bioy, primero porque su humor es de los que empiezan por admitir honestamente los límites de su literatura mientras que la seriedad se cree omnímoda desde el soneto hasta la novela, y segundo porque logra esa liviana eficacia que puede ir mucho más lejos (cuando la usa un Leopoldo Marechal, por ejemplo) que tanto tremendismo dostoievskiano al cuete que prolifera en nuestras playas. Por lo demás esas playas van mucho más allá de Mar del Plata: con Jean Cocteau, a su manera un Bioy Casares francés, ha ocurrido también que los «comprometidos» de cualquier bando y los serios de solemnidad como François Mauriac han pretendido relegarlo a esas cocinas del establecimiento feudal de la literatura donde hay el rincón de los bufones y los juglares. Y no hablemos de Jarry, de Desnos, de Duchamp... En su espasmódico *Who's Afraid of Virginia Woolf?*, Edward Albee le hace decir a alguien: «La más profunda señal de la malevolencia social es la falta de sentido

del humor. Ninguno de los monolitos ha sido capaz
de aceptar jamás una broma. Lea la historia. Conozco bastante bien la historia.» También nosotros co-
nocemos bastante bien la historia literaria para pre-
ver que Dargelos y Elizabeth vivirán más que Thé-
rèse Desqueyroux, y que el padre Ubu tirará al pozo,
con su *chochet à nobles,* a todos los héroes de Jean
Anouilh y de Tennessee Williams.

Esa pulga prodigiosa llamada Man Ray escribió
una vez: «Si pudiéramos desterrar la palabra *serio*
de nuestro vocabulario, muchas cosas se arregla-
rían.» * Pero los monolitos velan con su aire de tortugones amoratados, como tan bien los retrata José
Lezama Lima. Oh, quién nos rescatará de la seriedad para llegar por fin a ser serios de veras en el
plano de un Shakespeare, de un Robert Burns, de
un Julio Verne, de un Charles Chaplin. ¿Y Buster
Keaton? Ése debería ser nuestro ejemplo, mucho
más que los Flaubert, los Dostoievski y los Faulk-
ner en los que sólo reverenciamos la carga de profundidad mientras olvidamos a Bouvard y Pécuchet, olvidamos a Roma Fomich, olvidamos la sonrisa con
que el caballero sureño respondió a una invitación
de la Casa Blanca: «Un almuerzo a quinientas mi-
llas queda demasiado lejos para mí». En cada escuela latinoamericana debería haber una gran foto
de Buster Keaton, y en las fiestas patrias el director
pasaría películas de Chaplin y de Keaton para fo-
mento de futuros cronopios, mientras las maestras
recitarían «La morsa y el carpintero» o por lo menos algo de Guido y Spano, por ejemplo la versión
al alemán de la *Nenia,* que empieza:

> *Klage, klage, Urutaú,*
> *In den Zweigen des Yatay.*
> *War einmal ein Paraguay*
> *Wo geboren Ich und du:*
> *Klage, klage, Urutaú!*

* *Man Ray,* Autoportrait.

Pero seamos serios y observemos que el humor, desterrado de nuestras letras contemporáneas (Macedonio, el primer Borges, el primer Nalé, César Bruto, Marechal a ratos, son *outsiders* escandalosos en nuestro hipódromo literario) representa mal que les pese a los tortugones una constante del espíritu argentino en todos los registros culturales o temperamentales que van de la afilada tradición de Mansilla, Wilde, Cambaceres y Payró hasta el humor sublime del reo porteño que en la plataforma del tranvía 85 más que completo, mandado a callar en sus protestas por su guarda masificado, le contesta: «¿Y qué querés? ¿Que muera en silencio?». Sin hablar de que a veces son los guardas los humoristas, como aquél del ómnibus 168 gritándole a un señor de aire importante que hacía tintinear interminablemente la campanilla para bajarse: «¡Acábala, che, que aquí estamo al ónibu, no a la iglesia!».

¿Por qué diablos hay entre nuestra vida y nuestra literatura una especie de «muro de la vergüenza»? En el momento de ponerse a trabajar en un cuento o una novela el escritor típico se calza el cuello duro y se sube a lo más alto del ropero. A cuántos conocí que, si hubieran escrito como pensaban, inventaban o hablaban en las mesas de café o en las charlas después de un concierto o un match de box, habrían conseguido esa admiración cuya ausencia siguen atribuyendo a las razones deploradas con lágrimas y folletos por las sociedades de escritores: snobismo del público que prefiere a los extranjeros sin mirar lo que tiene en casa, alevosa perversidad de los editores, y no sigamos que va a llorar hasta el nene. Hiato egipcio entre una escritura demótica y otra hierática: nuestro escriba sentado asume la solemnidad del que habita en el Louvre tan pronto le saca la fundita a la Remington, de entrada se le adivina el pliegue de la boca, la amarga experiencia humana asomando en forma de rictus que, como es notorio, no se cuenta entre las muecas que faciliten la mejor prosa. Estos ñatos creen que la seriedad tiene que ser solemne o no ser; como si Cervantes hubiera sido solemne, carajo. Descuentan que la seriedad deberá basarse en lo negativo, lo tremendo, lo trágico, lo Stavrogin, y que sólo desde ahí nuestro escritor accederá (en los dos sentidos del término) a los signos positivos, a un posible happy end, a algo que se asemeje un poco más a esta confusa vida donde no hay maniqueo que llegue a nada. Asomarse al gran misterio con la actitud de un Macedonio se les ocurre a muy pocos; a los humoristas les pegan de entrada la etiqueta para distinguirlos higiénicamente de los escritores serios. Cuando mis cronopios hicieron algunas de las suyas en Corrientes y Esmeralda, huna heminente hintelectual hexclamó: «¡Qué lástima, pensar que era un escritor tan serio!». Sólo se acepta el humor en su estricta jaulita, y ojo con trinar mientras suena la sinfónica porque lo dejamos sin alpiste para que aprenda. En fin, señora, el humor es *all pervading* o no es, como siempre lo supieron Juan Filloy, Shakespeare y Marx Ernst; reducido a sus propias fuerzas, solo en la jaulita, dará *Three Men on a Boat* pero jamás Sancho en la ínsula, jamás mi tío Toby, jamás el velorio del pisador de barro.* Le aclaro entonces que el humor cuya alarmante carencia deploro en nuestras tierras reside en la *situación* física y metafísica del escritor que le permite lo que para otros serían errores de paralaje, por ejemplo ver las agujas del reloj del comedor en la una y media cuando apenas son las doce y veinticinco, y jugar con todo lo que bronca de esa fluctuante disponibilidad del mundo y sus criaturas, entrar sin esfuerzo en la ironía, el *understatement,* la ruptura de los clisés idiomáticos que contamina nuestras mejores prosas tan seguras de que son las doce y veinticinco como si las doce

* El autor se refiere, respectivamente, a *Don Quijote de la Mancha,* a *Tristam Shandy* y a *Adán Buenosayres.*

y veinticinco tuvieran alguna realidad fuera de la convención que las decidió con gran concurso de cosmógrafos y pendolistas de Maguncia y de Ginebra. Y esto de los clisés idiomáticos no es broma; se puede verificar el predominio de un lenguaje hierático en las letras sudamericanas, un lenguaje que en su más alto nivel da por ejemplo *El siglo de las luces,* mientras todo el resto se agruma en una prosa que más tiene que ver con la sémola que con la vida que pretende encarnar. En la Argentina hay índices de un divertido proceso; por reacción contra la prosa de los tortugones amoratados, unos cuantos escritores más jóvenes se han puesto a escribir «hablado», y aunque los mejores lo hacen muy bien la mayoría le ha errado al bochín y se está hundiendo todavía más que los acrisolados (palabra que éstos colocan siempre en alguna parte). A mí me parece que no es con pasar del calor del crisol al de la cancha de Rácing que haremos nuestra literatura. Un Roberto Arlt escribía idiomáticamente mal porque no estaba equipado para hacerlo de otra manera; pero tener una cultura de primera fuerza como suelen tenerla los argentinos y caer en una escritura de pizzería me parece a lo sumo una reacción de chiquilín que se decreta comunista porque el papá es socio del Club del Progreso.

71

# Del sentimiento de lo fantástico

Esta mañana Teodoro W. Adorno hizo una cosa de gato: en mitad de un apasionado discurso, mitad jeremiada y mitad arrastre apoyadísimo contra mis pantalones, se quedó inmóvil y rígido mirando fijamente un punto del aire en el que para mí no había nada que ver hasta la pared donde cuelga la jaula del obispo de Evreux, que jamás ha despertado el interés de Teodoro. Cualquier señora inglesa hubiera dicho que el gato estaba mirando un fantasma matinal, los más auténticos y verificables, y que el paso de la rigidez inicial a un lento movimiento de la cabeza de izquierda a derecha, terminado en la línea de visión de la puerta, demostraba de sobra que el fantasma acababa de marcharse, probablemente incomodado por esa detección implacable.

Parecerá raro, pero el sentimiento de lo fantástico no es tan innato en mí como en otras personas que luego no escriben cuentos fantásticos. De niño era más sensible a lo maravilloso que a lo fantástico (para la diferente acepción de estos términos, siempre mal usados, consultar provechosamente a Roger Caillois),* y fuera de los cuentos de hadas creía con el resto de mi familia que la realidad exterior se presentaba todas las mañanas con la misma puntualidad y las mismas secciones fijas de *La Prensa*. Que todo tren debía ser arrastrado por una locomotora constituía una evidencia que frecuentes viajes de Bánfield a Buenos Aires confirmaban tranquilizadoramente, y por eso la mañana en que por primera vez vi entrar un tren eléctrico que parecía prescindir de locomotora me eché a llorar con tal encarnizamiento que según mi tía Enriqueta se requirió más de un cuarto kilo de helado de limón para devolverme al silencio. (De mi realismo abomi-

---

* Véase en especial el prefacio a la *Anthologie du fantastique*. Club français du livre, París, 1958.

nable de esa época da una idea complementaria el
que soliera encontrar monedas en la calle mientras
paseaba con mi tía, pero sobre todo la habilidad
con que después de haberlas robado en mi casa las
dejaba caer mientras mi tía miraba una vidriera,
para precipitarme luego a recogerlas y a ejercer el
inmediato derecho a comprar caramelos. En cambio
a mi tía le era muy familiar lo fantástico puesto que,
jamás encontraba insólita esa repetición demasiado
frecuente y hasta compartía la excitación del hallazgo
y algún caramelo.)

En otra parte he dicho mi asombro de que un
condiscípulo encontrara fantástica la historia de Wi-
helm Storitz que yo había leído con la más absoluta
suspensión de la incredulidad. Comprendo que cum-
plía una operación inversa y bastante ardua: acorra-
lar lo fantástico en lo real, *realizarlo*. El prestigio de
todo libro me facilitaba la tarea: ¿cómo *dudar* de
Julio Verne? Repitiendo a Nâser-è-Khosrow, nacido en Persia en el siglo XI, sentía que un libro

*Aunque sólo tenga un lomo, posee cien rostros*

y que de alguna manera era necesario extraer esos
rostros de su arcón, meterlos en mi circunstancia personal, en la piecita del altillo, en los sueños teme-
rosos, en los fantaseos en la copa de un árbol a la
hora de la siesta. Creo que en la infancia nunca vi
o sentí directamente lo fantástico; palabras, frases,
relatos, bibliotecas, lo fueron destilando en la vida
exterior por un acto de voluntad, una elección. Me
escandalizó que mi amigo rechazara el caso de Wilhelm Storitz; si alguien había escrito sobre un hombre invisible, ¿no bastaba para que su existencia
fuera irrefutablemente posible? Al fin y al cabo el
día en que escribí mi primer cuento fantástico no
hice otra cosa que intervenir personalmente en una
operación que hasta entonces había sido vicaria; un
Julio reemplazó al otro con sensible pérdida para
los dos.

En una de las *Illuminations,* Rimbaud muestra al
joven sometido todavía «a la tentación de Antonio»,
presa de «los tics de un orgullo pueril, el abandono
y el espanto». De esa sujeción a la contingencia se
saldrá por una voluntad de cambiar el mundo. «Te
aplicarás a ese trabajo», dice y se dice Rimbaud. «Todas las posibilidades armónicas y arquitecturales vi-
brarán en torno de tu eje central.» La verdadera
alquimia reside en esta fórmula: *Tu memoria y tus
sentidos serán tan sólo el alimento de tu impulso
creador. En cuanto al mundo, cuando salgas, ¿en
qué se habrá convertido? En todo caso, nada que
ver con las apariencias actuales.\**
Si el mundo nada tendrá que ver con las apariencias actuales, el impulso creador de que habla el poeta habrá metamorfoseado las funciones pragmáti-
cas de la memoria y los sentidos; toda la «ars combinatoria», la aprehensión de las relaciones subya-
centes, el sentimiento de que los reversos desmien-
ten, multiplican, anulan los anversos, son modalidad
natural del que vive *para esperar lo inesperado.* La
extrema familiaridad con lo fantástico va todavía
más allá; de alguna manera ya hemos recibido eso
que todavía no ha llegado, la puerta deja entrar a
un visitante que vendrá pasado mañana o vino ayer.
El orden. será siempre abierto, no se tenderá jamás
a una conclusión porque nada concluye ni nada empieza en un sistema del que sólo se poseen coordenadas inmediatas. Alguna vez he podido temer que
el funcionamiento de lo fantástico fuese todavía más
férreo que la casualidad física; no comprendía que
estaba frente a aplicaciones particulares del sistema,
que por su fuerza *excepcional* daban la impresión de
la fatalidad, de un calvinismo de lo sobrenatural. Luego he ido viendo que esas instancias aplastantes de

* Jeunesse, *IV.*

lo fantástico reverberaban en virtualidades prácticamente inconcebibles; la práctica ayuda, el estudio de los llamados azares va ampliando las bandas del billar, las piezas del ajedrez, hasta ese límite personal más allá del cual sólo tendrán acceso otros poderes que los nuestros. No hay un fantástico cerrado, porque lo que de él alcanzamos a conocer es siempre una parte y por eso lo creemos fantástico. Ya se habrá adivinado que como siempre las palabras están tapando agujeros.

Un ejemplo de lo fantástico restringido y como fatal lo da un cuento de W. F. Harvey.* El narrador se ha puesto a dibujar para distraerse del calor de un día de agosto; cuando se da cuenta de lo que ha hecho, tiene ante sí una escena de tribunal: el juez acaba de pronunciar la sentencia de muerte y el condenado, un hombre grueso y calvo, lo mira con una expresión en la que hay más desmayo que horror. Echándose el dibujo al bolsillo, el narrador sale de su casa y vaga hasta detenerse, fatigado, ante la puerta del patio de un lapidario. Sin saber bien por qué se dirige hacia el hombre que esculpe una lápida: es el mismo cuyo retrato ha hecho dos horas antes sin conocerlo. El hombre lo saluda cordialmente y le muestra una lápida apenas terminada, en la que el narrador descubre su propio nombre, la fecha exacta de su nacimiento, y la de su muerte: ese mismo día. Incrédulo y aterrado, se entera de que la lápida está destinada a una exposición y que el lapidario ha grabado en ella un nombre y unas fechas para él imaginarios.

Como cada vez hace más calor, entran en la casa. El narrador muestra su dibujo, y los dos hombres comprenden que la doble coincidencia va más allá de toda explicación y que el absurdo la vuelve horrible. El lapidario propone al narrador que no se

* W. F. Harvey, *August Heath,* en *The Beast with Five Fingers,* Dent, Londres, 1962.

mueva de su casa hasta pasada la medianoche, para evitar toda posibilidad de accidente. Se instalan en una habitación solitaria y el lapidario se distrae afilando su cincel mientras el narrador escribe la historia de lo sucedido. Son las once de la noche; una hora más y el peligro habrá pasado. El calor va en aumento; como dice la frase final del cuento, *es un calor capaz de volver loco a cualquiera.*

El esquema admirablemente simétrico del relato y la fatalidad de su cumplimiento no deben hacer olvidar que las dos víctimas sólo han conocido una malla de la trama que las enfrenta para destruirlas; lo verdaderamente fantástico no reside tanto en las estrechas circunstancias narradas como en su resonancia de pulsación, de latido sobrecogedor de un corazón ajeno al nuestro, de un orden que puede usarnos en cualquier momento para uno de sus mosaicos, arrancándonos de la rutina para ponernos un lápiz o un cincel en la mano. Cuando lo fantástico me visita (a veces soy yo el visitante y mis cuentos han ido naciendo de esa buena educación recíproca a lo largo de veinte años) me acuerdo siempre del admirable pasaje de Víctor Hugo: «Nadie ignora lo que es el punto vélico de un navío; lugar de convergencia, punto de intersección misterioso hasta para el constructor del barco, en el que se suman las fuerzas dispersas en todo el velamen desplegado». Estoy convencido de que esta mañana Teodoro miraba un punto vélico del aire. No es difícil irlos encontrando y hasta provocando, pero una condición es necesaria: hacerse una idea muy especial de las heterogeneidades admisibles en la convergencia, no tener miedo del encuentro fortuito (que no lo será) de un paraguas con una máquina de coser. Lo fantástico *fuerza* una costra aparencial, y por eso recuerda el punto vélico; hay algo que arrima el hombro para sacarnos de quicio. Siempre he sabido que las grandes sorpresas nos esperan allí donde hayamos aprendido por fin a no sorprendernos de nada, entendiendo por esto no escandalizarnos frente a las rupturas del orden. Los únicos que creen verdaderamente en los fantasmas son los fantasmas mismos, como lo prueba el famoso diálogo en la galería de cuadros.* Si en cualquier orden de lo fantástico llegáramos a esa naturalidad, Teodoro ya no sería el único en quedarse tan quieto, pobre animalito, mirando lo que todavía no sabemos ver.

* Tan famoso que es casi ofensivo mencionar a su autor, George Loring Frost (*Memorabilia*, 1923) y el libro que le dio esa fama: la *Antología de la literatura fantástica* (Borges, Silvina Ocampo, Bioy Casares).

# —Yo podría bailar en ese sillón—
# dijo Isadora

*On n'observe chez Wölfli ni inspiration particulière et isolée,
ni conception d'idés ou d'imagination bien distinctes; bien
plus, sa pensée tout comme sa façon de travailler n'a ni de
commencement ni fin. Il s'interrompt à peine, sitôt qu'une
feuille est terminée, il en commence une autre et sans cesse
il écrit, il dessine. Si on lui demande au début ce qu'il a
l'intention de dessiner sur sa feuille, il vous répond parfois
sans hésiter comme si cela allait de soi, qu'il va représenter
un hôtel géant, une haute montagne, une grande grande
Déesse, etc.; mais souvent aussi il ne peut encore vous dire
juste avant de s'y mettre, ce qu'il va dessiner; il ne le sait
pas encore, cela finira bien par prendre figure: il n'est pas
rare non plus qu'il étude avec mauvaise humeur ce genre de
questions: qu'on le laisse tranquille, il a plus intéressant à
faire qu'à bavarder!*

Morgenthaler, *Un aliéné artiste,* en: *L'art brut,* 2, pp. 42-3.

De una pierna rota y de la obra de Adolf Wölfli
nace esta reflexión sobre un sentimiento que Lévy-
Bruhl hubiera llamado prelógico antes de que otros
antropólogos demostraran lo abusivo del término.
Aludo a la sospecha de arcaica raíz mágica según
la cual hay fenómenos e incluso cosas que son lo
que son y como son porque, de alguna manera, también son o pueden ser otro fenómeno u otra cosa;
y que la acción recíproca de un conjunto de elementos que se dan como heterogéneos a la inteligencia,
no sólo es susceptible de desencadenar interacciones
análogas en otros conjuntos aparentemente disocia-
dos del primero, como lo entendía la magia simpática y más de cuatro gordas agraviadas que todavía
clavan alfileres en figurillas de cera, sino que existe
identidad profunda entre uno y otro conjunto, por
más escandaloso que le parezca al intelecto.

Todo esto suena a tam-tam y a mumbo-jumbo, y
a la vez parece un poco tecnicón, pero no lo es apenas se suspende la rutina y se cede a esa permeabi-
lidad para consigo mismo en la que un Antonin

78

Artaud veía el acto poético por excelencia, «el conocimiento de ese destino interno y dinámico del pensamiento». Basta seguir el consejo de Fred Astaire, *let yourself go,* por ejemplo pensando en Wölfli, porque algunas de las cosas que hizo Wölfli fueron cristalizaciones perfectas de esas vivencias. A Wölfli lo conocí por Jean Dubuffet que publicó el texto de un médico suizo que se ocupó de él en el manicomio y que ni siquiera traducido al francés parece demasiado inteligente, aunque sí lleno de buena voluntad y anécdotas que es lo que interesa puesto que la inteligencia la pondremos ahora todos nosotros. Remito al libro para el *curriculum vitae,* pero mientras se lo consigue no cuesta nada recordar cómo el gigante Wölfli, un montañés peludo y tremendamente viril, todo calzoncillos y deltoides, un primate desajustado incluso en su aldea de pastores, acaba en una celda para agitados después de varias violaciones de menores o tentativas equivalentes, cárcel y nuevos arrinconamientos en los pajares, cárcel y más estupros hasta que al borde del presidio los hombres sabios se dan cuenta de la irresponsabilidad del supuesto monstruo y lo meten en un loquero. Allí Wölfli le hace la vida imposible a cuanto Dios crió, pero a un psiquiatra se le ocurre un día ofrecerle una banana al chimpancé en forma de lápices de colores y hojas de papel. El chimpancé comienza a dibujar y a escribir, y además hace un rollo con una de las hojas de papel y se fabrica un instrumento de música, tras de lo cual durante veinte años, interrumpiéndose apenas para comer, dormir y padecer a los médicos, Wölfli escribe, dibuja y ejecuta una obra perfectamente delirante que podrían consultar con provecho muchos de esos artistas que por algo siguen sueltos.

Me baso aquí en una de sus obras pictóricas, titulada (estoy obligado a referirme a la versión francesa) *La ville de biscuit à bière St. Adolf.* Es un dibujo coloreado con lápiz (nunca le dieron óleos ni témperas, demasiado caros para malgastarlos en un loco), que según Wölfli representa una ciudad —lo que es exacto, *inter alia*—, pero esa ciudad es de bizcocho (si el traductor se refiere a la loza llamada bizcocho, esa ciudad es de loza, de bizcocho para la cerveza o de la loza *de cerveza,* o si el traductor entiende ataúd, esa ciudad es de loza o de bizcocho de cerveza o de ataúd). Digamos para elegir lo que parece más probable: ciudad de bizcocho de cerveza San Adolfo, y aquí hay que explicar que Wölfli se creía un tal Sankt Adolph entre otros. La pintura, entonces, concentra en su título una aparente plurivisión perfectamente unívoca para Wölfli que la ve como ciudad (de bizcocho ((de bizcocho de cerveza (((ciudad San Adolfo))) )) ). Me parece claro que San Adolfo *no es el nombre de la ciudad* sino que, como para el bizcocho y la cerveza, la ciudad *es* San Adolfo y viceversa.

Por si no bastara, cuando el doctor Morgenthaler se interesaba por el sentido de la obra de Wölfli y éste se dignaba hablar, cosa poca frecuente, sucedía a veces que en respuesta al consabido: «¿Qué representa?», el gigante contestaba: «Esto», y tomando su rollo de papel soplaba una melodía que para él no sólo era la explicación de la pintura sino también la pintura, o ésta la melodía, como lo prueba el que muchos de sus dibujos contuvieran pentagramas con composiciones musicales de Wölfli, que además rellenaba buena parte de los cuadros con textos donde reaparecía verbalmente su visión de la realidad. Curioso, inquietante, que Wölfli haya podido desmentir (y a la vez confirmar con su encierro forzado) la frase pesimista de Lichtenberg: «Si quisiera escribir sobre cosas así, el mundo me trataría de loco, y por eso me callo. Tan imposible es hablar de eso como de tocar en el violín, como si fueran notas, las manchas de tinta que hay sobre mi mesa...»

Si el estudio psiquiátrico hace hincapié en esa vertiginosa explicación musical de la pintura, nada dice de la posibilidad simétrica, la de que Wölfli *pintara su música*. Habitante obstinado de zonas intersticiales, nada puede parecerme más natural que una ciudad, el bizcocho, la cerveza, San Adolfo y una música sean cinco en uno y uno en cinco; hay ya un antecedente por el lado de la Trinidad, y hay el *Car je est un autre*. Pero todo esto sería más bien estático si no se diera en la vivencia de que esos quíntuples unívocos cumplen en su destino interno y dinámico (trasladando a su esfera la actividad que atribuía Artaud al pensar) una acción equivalente a la de los elementos del átomo de manera que para utilizar metafóricamente el título de la pintura de Wölfli, la eventual acción del bizcocho en la ciudad puede determinar una metamorfosis en San Adolfo, así como el menor gesto de San Adolfo es capaz de alterar por completo el comportamiento de la cerveza. Si extrapolamos ahora este ejemplo a conjuntos menos gastronómicos y hagiográficos, derivaremos a lo que me pasó con la pierna rota en el hospital Cochin y que consistió en saber (no ya en sentir o imaginar: la certidumbre era del orden de las que hacen el orgullo de la lógica aristotélica) que mi pierna infectada, a la que yo asistía desde el puesto de observación de la fiebre y el delirio, consistía en un campo de batalla cuyas alternativas seguí minuciosamente, con su geografía, su estrategia, sus reveses y contraataques, contemplador desapasionado y comprometido a la vez en la medida en que cada punzada de dolor era un regimiento cuesta abajo o un encuentro cuerpo a cuerpo, y cada pulsación de la fiebre una carga a rienda suelta o una teoría de banderines desplegándose al viento.*

Imposible tocar fondo hasta ese punto sin volver a la superficie con la convicción definitiva de que cualquier batalla de la historia pudo ser un té con

* Muchos años después encontré este otro aforismo de Lichtenberg: *Las batallas son enfermedades para los beligerantes.*

tostadas en una rectoría del condado de Kent, o que
el esfuerzo que cumplo desde hace una hora para
escribir estas páginas vale quizá como hormiguero
en Adelaida, Australia, o como los tres últimos
*rounds* de la cuarta pelea preliminar del jueves pasado en el Dawson Square de Glasgow. Pongo ejemplos primarios, reducidos a una acción que va de la
X a Z a base de una coexistencia esencial de X y
Z. ¿Pero qué cuenta eso al lado de un día de tu vida,
de un amor de Swan, de la concepción de la cate-
dral de Gaudí en Barcelona? La gente se sobresalta
cuando se le hace comprender el sentido de un año-
luz, del volumen de una estrella enana, del contenido de una galaxia. ¿Qué decir entonces de tres pin-
celadas de Masaccio que quizá son el incendio de
Persépolis que quizá es el cuarto asesinato de Peter
Kurten que quizá es el camino de Damasco que
quizá es las Galeries Lafayette que quizá son el gato
negro de Hans Magnus Enszesberger que quizá es
una prostituta de Avignon llamada Jeanne Blanc
(1477-1514)? Y decir eso es menos que no decir
nada, puesto que no se trata dè la interexistencia
en sí sino de su dinámica (su «destino interno y dinámico») que por supuesto se cumple al margen de
toda mensurabilidad o detección basadas en nuestros Greenwich o Geigers. Metáforas que apuntan
hacia esa vaga, incitante dirección: el latigazo de
la triple carambola, la jugada de alfil que modifica
las tensiones de todo el tablero: cuántas veces he
sentido que una fulgurante combinación de fútbol
(sobre todo si la hacía River Plate, equipo al que fui
fiel en mis años de buen porteño) podía estar provocando una asociación de ideas en un físico de Roma,
a menos que naciera de esa asociación o, ya vertiginosamente, que físico y fútbol fuesen elementos de
otra operación que podía estarse cumpliendo en
una rama de cerezo en Nicaragua, y las tres cosas,
a su vez...

*Estilo:* 1) La definición del diccionario es la justa: «Manera peculiar que cada cual tiene de escribir o de hablar, esto es, de expresar sus ideas y sentimientos.» Como la noción de estilo suele circunscribirse a la escritura y por ahí se habla de «estilo de frases largas», etc., señalo que por estilo se entiende aquí el producto total de la economía de una obra, de sus cualidades expresivas e idiomáticas. En todo gran estilo el lenguaje cesa de ser un vehículo para la «expresión de ideas y sentimientos» y accede a ese estado límite en que ya no cuenta como mero lenguaje porque todo él es presencia de lo expresado. Un poco como ocurre con el raro intérprete musical que establece el contacto directo del oyente con la obra y cesa de actuar como intermediario.

2) Esta noción de estilo se apreciará mejor desde un punto de vista más abierto, más *semiológico* como dicen los estructuralistas siguiendo a Saussure. Para un Michel Foucault,* en todo relato hay que distinguir en primer término la *fábula,* lo que se cuenta, de la *ficción,* que es «el régimen del relato», la situación del narrador con respecto a lo narrado. Pero esta diada no tarda en mostrarse como triada. «Cuando se habla (en la vida cotidiana) se puede muy bien hablar de cosas "fabulosas"; el triángulo dibujado por el sujeto parlante, su discurso y lo que cuenta, está determinado desde el exterior por la situación: no hay allí ficción alguna. En cambio, en ese *analogón* de discurso que es una obra, esa relación sólo puede establecerse en el interior del acto mismo de la palabra; lo que se cuenta debe indicar por sí mismo quién habla, a qué distancia, desde qué perspectiva y según qué modo de discurso. La obra no se define tanto por los elementos de

* *En un estudio sobre... Julio Verne,* por supuesto. *Cf.* L'arc, No. 29, Aix-en-Provence, 1966.

la fábula o su ordenación como por los modos de la ficción, indicados tangencialmente por el enunciado mismo de la fábula. La *fábula* de un relato se sitúa en el interior de las posibilidades míticas de la cultura; su *escritura* se sitúa en el interior de las posibilidades de la lengua; su *ficción*, en el interior de las posibilidades del acto de la palabra.»

## Escritores rioplatenses de ficción

Se alude aquí a los que obviamente no tienen un sentimiento del estilo como el apuntado más arriba. Pero apenas se escarba un poco, la sordera estilística asoma como síntoma de falencias concomitantes en el sentido al que apunta el viejo lugar común de que el estilo es el hombre, en este caso el hombre argentino o uruguayo, derrochador indiscriminado de sus muchas y espléndidas cualidades. Quede así entendido que *también* se habla aquí de esos escritores que en su quinto o séptimo libro son capaces de escribir: «Se lo dije una mañana en la lechería, con nuestros codos apoyados sobre el mármol frío», como si se pudiera apoyar en el mármol los codos de nuestra bisabuela o como si el mármol de las lecherías estuviera por lo común en estado de ebullición; de escritores que se permiten displicencias con Borges a la vez que producen cosas como «el tácito consentimiento del ancestral y perentorio llamado de su naturaleza indócil y conceptiva», o cursilerías donde un rostro se enciende con «el fuego indomable del sonrojo», sin hablar de los que explican cómo «tomándole la cara con las dos manos», etc., delimitación que permitiría deducir que hay otras personas capaces de tomársela con las tres o las ocho.* Esto en cuanto a los mamarra-

* Por si algún aludido o temeroso de alusión incurriera en el justo reproche de que es muy cómodo citar sin dar nombre (en la Argentina ni siquiera se firman muchas su-

chos más inmediatos de la escritura; de sus obras
consideradas en su conjunto se deduce una mayor
o menor sordera para los elementos eufónicos del
idioma, el ritmo parcial y el general, y esta paradoja
irritante: a pesar de estar escritas con un idioma
siniestramente empobrecido por la incultura y la
consiguiente parvedad del vocabulario, casi siempre
sobran palabras en cada frase. *Decir poco con mucho* parece una constante de este tipo de escritor.

### Tienen oídos y no

Ya no recuerdo cuándo ni dónde ha dicho Brice
Parain que según tratemos el lenguaje y la escritura, así nos tratarán a nosotros. A nadie le extrañe
entonces que esté tratando más bien mal a aquellos
escritores rioplatenses de ficción que en la escritura
parecen ver sobre todo un sistema de signos infor-
mativos, como si pasaran de la Remington al *impri-
matur* sin más trabajo que ir sacando las hojas del
rodillo.

Es probable que nadie resuelva nunca la cuestión
del fondo y la forma puesto que tan pronto se de-
muestra que es un falso problema las dificultades
reaparecen desde otro ángulo. Si es verificable que
la expresión acaba siempre por reflejar cualitativa-
mente el contenido, y que toda elección maniquea
en pro de la una o del otro lleva al desastre en la
medida en que no hay dos términos sino un continuo
(lo que no impide, como estamos viendo hoy, que
ese continuo sea más complejo de lo que parecía),
también cabe decir que para alcanzar el estado de

---

puestas críticas literarias), cumplo en indicar que las citas de
este ensayo corresponden a pasajes de (por orden alfabético)
Julio Cortázar, Mario E. Lancelotti, Eduardo Mallea y Dal-
miro Sáenz, escogidos por la simple razón de que algunos
de sus libros estaban al acance de la mano mientras iba escribiendo esto.

la escritura que merece llamarse literario no basta con haber llenado resmas blancas o azules sin otro cuidado que la corrección sintáctica o, a lo sumo, un vago sentimiento de las exigencias eurítmicas de la lengua. Confieso que en un tiempo esa literatura que llamo sorda me parecía sobre todo producto de la tetánica «enseñanza» de la lengua en nuestros sistemas escolares, y de la ingenuidad subsiguiente de segregar un relato cualquiera con la misma inocencia de un gusano de seda. Más tarde sospeché cosas peores frente a la monotonía de que el cuarto libro del novelista Fulano entrara en las vitrinas tan impecablemente mal escrito como el primero. La perseverancia en el bodrio parecía un indicio de otras cosas; no hace falta creer demasiado en la praxis para descontar que una ejercitación *atenta* de la literatura debería llevar a un progreso simultáneo en la manera de manejar el auto y en el sentido del viaje para el cual se lo maneja. ¿Cómo no ver que la única *situación* del escritor auténtico es el centro del átomo literario donde partículas conocidas y otras por conocer se resuelven en la perfecta intencionalidad de la obra: la de *extremar* todo lo que la suscita, la hace y la comunica? Si no había avance, si cada nuevo libro de Fulano reiteraba las carencias de los anteriores, sólo cabía pensar que la falla *precedía* la experiencia del oficio, que la invalidaba como un bloqueo, una censura al modo que la entiende el psicoanálisis.

Indagando ese obstáculo inicial que podía explicar la sordera literaria de tanto narrador, y concentrándome por razones obvias en el Río de la Plata, revisé nuestras imposibilidades como ya una vez lo había hecho Borges desde otra intención y otro terreno. Empecé, ya lo dije, recordando la parodia de educación lingüística y literaria que se daba a los jóvenes argentinos de mi tiempo con un patriotismo que dejaba por el suelo el de San Martín y el de Bolívar, pues si éstos acabaron con los ejércitos es-

pañoles sin cortar por eso las raíces con España,
los profesores de castellano y de literatura de nuestras escuelas secundarias conseguían el más horrendo
parricidio en el espíritu de sus alumnos, instilando
en ellos la muerte por hastío y por bimestres del
infante Juan Manuel, del Arcipreste, de Cervantes
y de cuanto clásico había tenido el infortunio de
caer en la ratonera de los programas escolares y las
lecturas obligatorias. Las excepciones eran como esa
solitaria galletita *con* chocolate que sonríe a los pi-
bes en la caja de un kilo *sin*. Por ejemplo yo fui
lo bastante afortunado como para tener, a cambio de
cinco o seis imbéciles, un profesor que era nada menos que don Arturo Marasso, y es muy posible que
a usted le haya tocado una suerte análoga en su lo-
tería docente. Pero ésas son loterías de Heliogába-
lo; estadísticamente hablando, nos «educamos» (el
pretérito indefinido vale quizá también como presente, hace rato que ando lejos y no sé) en la igno-
rancia de las Madres de la lengua, de las constantes profundas que deberíamos haber reconocido antes de proceder al parricidio freudiano que ni siquiera llegamos a practicar deliberadamente, porque decir como los reos, *che Toto emprestame mil mangos,*
o como en los periódicos, *el planteo gubernativo
impacta los sectores bursátiles,* o como en una novela, *la hidra del deseo se le aglutinaba en la psiquis
convulsa,* no son ni conquistas ni pérdidas lingüísti-
cas, no son rebelión o regresión o alteración, sino
pasividad de lapa sometida sin remisión a la circunstancia.

Pensé paralelamente en la influencia neutraliza-
dora y desvitalizadora de las traducciones en nuestro sentimiento de la lengua. Entre 1930 y 1950 el
lector rioplatense leyó cuatro quintos de la literatura
mundial contemporánea en traducciones, y conozco
demasiado el oficio de trujamán como para no saber que la lengua se retrae allí a una función ante
todo informativa, y que al perder su *originalidad* se

amortiguan en ella los estímulos eufónicos, rítmicos, cromáticos, escultóricos, estructurales, todo el erizo del estilo apuntando a la sensibilidad del lector, hiriéndolo y acuciándolo por los ojos, los oídos, las cuerdas vocales y hasta el sabor, en un juego de resonancias y correspondencias y adrenalina que entra en la sangre para modificar el sistema de reflejos y de respuestas y suscitar una participación porosa en esa experiencia vital que es un cuento o una novela. A partir de 1950 el gran público del Río de la Plata descubrió a sus escritores y a los del resto de América Latina; pero el mal ya estaba hecho y mientras por una parte muchos de esos escritores partían de un instrumento degradado por las razones que estoy tratando de entender, por otra parte los lectores habían perdido toda exigencia y leían a un autor uruguayo o mexicano con la misma pasiva aceptación de signos comunicantes con que venían leyendo a Thomas Mann, a Alberto Moravia o a François Mauriac en traducciones. Hay por lo menos dos clases de lenguas muertas, y la que manejan esos escritores y esos lectores pertenece a la peor; pero nada lo justifica porque esa muerta es una especie de zombie al revés, y sólo dependería de nosotros que despertara a una vida bien ganada y a pleno sol. Lo malo es que si no hay oreja, como decía Unamuno, si no hay ritmo verbal que corresponda a una economía intelectual y estética, si no hay ese sentido infalible del vocabulario, de las estructuras sintácticas, de los acatamientos y de las transgresiones que hacen el estilo de un gran escritor, si novelista y lector son cómplices metidos en una misma celda y comiendo el mismo pan seco, entonces qué le vachaché, hermano, estamos sonados.

Me pregunté también cuáles podían ser los goces del connubio literario, a qué signo respondía el Eros verbal de esos escritores y lectores rioplatenses que eyaculan y reciben literariamente con el mismo aire perfunctorio y distraído del gallo y la gallina. Cualquier *voyeur* de nuestra literatura actual descubrirá rápidamente que estas chicas (el sexo no importa aquí) se quedan en un liviano erotismo de clítoris y no acceden casi nunca al vaginal. Así, limitada a los umbrales, la información y el «mensaje» escamotean por ingenuidad o incompetencia la fusión erótica total y dadora de ser que nace del comercio con toda literatura digna de tal nombre. En la Argentina el deleite de la lectura se agota —casi siempre justificadamente puesto que más allá no hay gran cosa— en los bordes de lo meramente expositivo. Los proemios de un goce más profundo lo dan apenas las incursiones del autor en la soltura oral, en un diálogo donde el lunfardo o las hablas provincianas y domésticas alcanzan a rescatar de a ratos la respiración del idioma vivo; pero apenas el novelista, pequeño dios acartonado, vuelve a tomar la palabra entre dos diálogos, se recae en la primacía del signo a secas. *Y el lector corriente no lo advierte,* y tampoco la mayoría de los críticos que confunden literatura con información de lujo. Entre nosotros parece haber muy pocos creadores y lectores sensibles al estilo como estructura *original* en los dos sentidos del término, en la que todo impulso y signo de comunicación apunta a las potencias extremas, actúa en altitud, latitud y profundidad, promueve y conmueve, trastorna y transmuta —una «alchimie du verbe» cuyo sentido último está en trascender la operación poética para actuar con la misma eficacia alquímica sobre el lector. Dejemos de lado el seudo estilo de superficie que en gran parte nos viene de la España verbosa de tertulias (la otra duerme y espera), y que consiste en redondear la frase, engolar la voz, adjetivar lujoso y dale nomás con cosas como «indagaba el monto del dinero dilapidado», o «dos o tres señores de familia pareja, oronda, apetente, con sus adultos y sus impúberes» (sic); todo ese floripondio se irá muriendo solo y sus últimos ecos serán los discursos con que se despedirá a sus autores en el peristilo de la Chacarita. El peligro real es la sordera, no esas bandas municipales de la lengua; el mal está en el empobrecimiento deliberado de la expresión (simétricamente comparable a la hinchazón al cuete de los españoles de este tiempo) coincidente con la sobreestimación de la anécdota que motiva el texto. No parece advertirse que, al transmitir imperfectamente, la recepción oscila entre lo incompleto y lo falso; literariamente seguimos en los tiempos de las radios de galena. ¿Entenderemos por fin que en este oficio el mensaje y el mensajero no forman parte de la Unión Postal Universal, que no son dos como la carta y el cartero?

# Morelliana, siempre

*Aquí se cerraron unos ojos a través de los cuales el universo se contemplaba con amor y en toda su riqueza.*

Epitafio de Johann Jakob Wagner.

Como los eléatas, como san Agustín, Novalis presintió que el mundo de adentro es la ruta inevitable para llegar de verdad al mundo exterior y descubrir que los dos serán uno solo cuando la alquimia de ese viaje dé un hombre nuevo, el gran reconciliado.

Novalis murió sin alcanzar la flor azul, Nerval y Rimbaud bajaron en su día a las Madres y nos condenaron a la terrible libertad de querernos dioses desde tanto barro. Por todos ellos, por lo que a veces se abre paso en nuestra cotidianeidad, sabemos que sólo desde el fondo de un pozo se ven las estrellas en pleno día. Pozo y cielo no quieren decir gran cosa, pero hay que entenderse, trazar las abscisas y coordenadas; Jung da su nomenclatura, cualquier poeta la suya, la antropología sabe de regímenes nocturnos y diurnos de la psiquis y la imaginación. Por mi parte, tengo la certeza de que apenas las circunstancias exteriores (una música, el amor, un extrañamiento cualquiera) me aíslan por un momento de la conciencia vigilante, aquello que aflora y asume una forma trae consigo la total certidumbre, un sentimiento de exaltante verdad. Supongo que los románticos guardaban para eso el nombre de inspiración, y que no otra cosa era la *manía.*

Todo eso no puede *decirse,* pero el hombre está para insistir en decirlo; el poeta, en todo caso, el pintor y a veces el loco. Esa reconciliación con un mundo del que nos ha separado y nos separa un aberrante dualismo de raíz occidental, y que el Oriente anula en sistemas y expresiones que sólo de lejos y deformadamente nos alcanzan, puede apenas sospecharse a través de vagas obras, de raros destinos ajenos, y más excepcionalmente en arrimos de nuestra propia búsqueda. Si no se puede decir hay que tratar de inventarle su palabra, puesto que en la insistencia se va cerniendo la forma y desde los agujeros se va tejiendo la red; como un silencio en una música de Webern, un acorde plástico en un óleo de Picasso, una broma de Marcel Duchamp, ese momento en que Charlie Parker echa a volar *Out of Nowhere,* estos versos de Attâr:

*Tras de beber los mares nos asombra*
*que nuestros labios sigan tan secos como las playas,*
*y buscamos una vez más el mar para mojarnos en*
*él, sin ver*
*que nuestros labios son las playas y nosotros el mar.*

Allí y en tantos otros vestigios de encuentro están las pruebas de la reconciliación, allí la mano de Novalis corta la flor azul. No hablo de estudios, de ascesis metódicas, hablo de esa intencionalidad tácita que informa el movimiento total de un poeta, que lo vuelve ala de sí mismo, remo de su barca, veleta de su viento, y que *revalida* el mundo al precio del descenso a los infiernos de la noche y del alma. Detesto al lector que ha pagado por su libro, al espectador que ha comprado su butaca, y que a partir de allí *aprovecha* el blando almohadón del goce hedónico o la admiración por el genio. ¿Qué le importaba a Van Gogh tu admiración? Lo que él quería era tu complicidad, que trataras de mirar como él estaba mirando con los ojos desollados por un fuego heracliteano. Cuando Saint-Exupéry sentía que amar no es mirarse el uno en los ojos del otro sino mirar juntos en una misma dirección, iba más allá del amor de la pareja porque todo amor va más allá de la pareja si es amor, y yo escupo en la cara del que venga a decirme que ama a Miguel Angel o a E. E. Cummings sin probarme que por lo menos en una hora extrema ha sido ese amor, ha sido también el otro, ha mirado con él desde su mirada y ha aprendido a mirar como él hacia la apertura infinita que espera y reclama.

# Casilla del camaleón

*Il eut jusqu'au bout le génie de s'échapper; mais il s'échappa
en souffrant.*

René Char, *L'âge cassant.*

*Acerca de lo sincrónico,
ucrónico o anacrónico de
los ochenta mundos*

—Señora —le dije—, no espere demasiada coherencia en esta vuelta al día. Algunos de mis ochenta mundos son viejos pequeños planetas a los que
llegué en días ya lejanos, un poco como el principito
de Saint-Exupéry, tan vilipendiado por los duros de
la literatura y tan conmovedor para los que seguimos fieles a *City Lights,* a Jelly Roll Morton, a *Oli-
ver Twist.* Hacia los años cuarenta habité largamente en uno de esos mundos que les parecen cursis y
trasnochados a los jóvenes y que no es de buen tono
evocar *hic et nunc*; hablo del universo poético de
John Keats. Incluso escribí seiscientas páginas que
eran entonces y quizá siguen siendo el único estudio completo en español sobre el poeta. Tímido y
desconocido, me dejé empujar por un amigo hasta
las puertas del British Council de Buenos Aires, donde un señor extraordinariamente parecido a una lan-
gosta recorrió con aire consternado un capítulo en
el que Keats y yo nos paseábamos por el barrio de
Flores hablando de tantas cosas, y me devolvió el
manuscrito con una sonrisa cadavérica. Fue una
lástima porque era un hermoso libro suelto y des-
peinado, lleno de interpolaciones y saltos y grandes
aletazos y zambullidas, un libro como los aman los
poetas y los cronopios. Se lo cuento ahora porque
esta mañana, en París, un escritor comprometido
—usted me entiende— me señaló la necesidad de
una ideología sin contradicciones. Entonces, mientras le dejaba la cara y me perdía en una niebla a
la que no era ajeno el coñac, la imagen de Keats

volvió desde aquel lejano mundo de un departamento porteño en Lavalle y Reconquista, cuando nos encontrábamos en el territorio de una página todavía en blanco y nos íbamos a vivir la noche. Ahora quizá comprenderá usted lo que sigue, la teoría de camaleones y gorriones de que se habla para incomodidad de buenas conciencias instaladas en verdades monocráticas.

## Entra un camaleón

*Un hombre que no había visto al señor K. desde hacía tiempo le saludó en estos términos: «Usted no ha cambiado en absoluto.» «¡Oh!» —exclamó el señor K., poniéndose muy pálido.*

Bertolt Brecht, *Historias del señor Keuner.*

Llega el día en que los reporteros, los críticos, los que escriben tesis sobre el artista, deducen, esperan o hasta pretenden la panoplia ideológica y estética. Pasa que el artista *también* tiene ideas pero es raro que las tenga sistemáticamente, que se haya coleopterizado al punto de eliminar la contradicción como lo hacen los coleópteros filósofos o políticos a cambio de perder o ignorar todo lo que nace más allá de sus alas quitinosas, de sus patitas rígidas y contadas y precisas. Nietzsche, que era un cronopio como pocos, dijo que sólo los imbéciles no se contradicen tres veces al día. No hablaba de las falsas contradicciones que apenas se rasca un poco son hipocresía deliberada (el señor que da limosna en la calle y explota a cincuenta obreros en su fábrica de paraguas), sino de esa disponibilidad para latir con los cuatro corazones del pulpo cósmico que van cada uno por su lado y cada uno tiene su razón y mueve la sangre y sostiene el universo, ese camaleonismo que todo lector encontrará y amará o aborrecerá en este libro y en cualquier libro donde el poeta rehúsa

95

el coleóptero. Este día tiene ochenta mundos, la cifra es para entenderse y porque le gustaba a mi tocayo, pero a lo mejor ayer eran cinco y esta tarde ciento veinte, nadie puede saber cuántos mundos hay en el día de un cronopio o un poeta, sólo los burócratas del espíritu deciden que su día se compone de un número fijo de elementos, de patitas quitinosas que agitan con gran vivacidad para progresar en eso que se llama la línea recta del espíritu.

Si nos entendiéramos un poco, porque todo lo anterior también hay que interpretarlo contradictoriamente y desde fuera del escarabajo acarreador de fichas azules y rosa: Digamos que un cronopio se contradice, que en el mundo catorce piensa y siente distinto que en el veintiocho o en el nueve; pero entonces sucede este hecho grave y maravilloso que los coleópteros no quieren admitir casi nunca («Ah, si Shelley hubiera sido consecuente con sus postulados...»/«Pushkin besando la mano del zar, ceremonia inexplicable...»/«Aragon, ese surrealista obediente al Partido...»), y es que el cronopio o el poeta saben muchas veces que sus contradicciones no van contra la naturaleza sino que son, por decirlo así, preternaturales, y qué le van a hacer si en algún lugar central los ritmos antagónicos de los corazones del gran octopus están moviendo una misma sangre. Insisto, señora, no se trata de contradicciones de superficie puesto que en ese terreno el artista no es mejor que un concejal o un ginecólogo o el camarada Brejnev, y bien podría ocurrir que Shelley haya sido culpable de, etc., y que Pushkin, etc. Hablo de esponjas, de poderes osmóticos, de sensibilidad barométrica, de un dial que capta las gamas de ondas y las ordena o las prefiere de una manera que nada tiene que ver con los reglamentos de la Unión Internacional de Comunicaciones. Hablo de la responsabilidad del poeta, ese irresponsable por derecho propio, ese anarquista enamorado de un orden solar y jamás del nuevo orden o del slogan que hace marcar el paso a cinco o a setecientos millones de hombres en una parodia de orden, hablo de algo que disgustará profundamente a los comisarios, a los jóvenes turcos o a los guardias rojos, hablo de una condición que nadie describió mejor que John Keats en una carta que hace muchos años llamé la carta del camaleón y que merecería ser tan famosa como la «Lettre du voyant». Su preludio es perceptible en una frase escrita un año antes y como al pasar, Keats le está diciendo a su amigo Bayley que nunca ha esperado otra felicidad que la del puro presente, y agrega como al descuido: «Si un gorrión se posa junto a mi ventana, tomo parte en su existencia y picoteo en el suelo...» En octubre de 1818 el gorrión se vuelve camaleón en una carta a Richard Woodhouse: «En cuanto al carácter poético en sí... no tiene un yo, es todo y es nada; no tiene un carácter, goza con la luz y con la sombra, vive en lo que le gusta, sea horrible o hermoso, excelso o humilde, rico o pobre, mezquino o elevado. Tanto se deleita en concebir a un Yago como a una Imogena. Lo que choca al virtuoso filósofo deleita al poeta camaleón... Un poeta es lo menos poético de todo cuanto existe; como no tiene identidad, continuamente tiende a encarnarse en otros cuerpos... El poeta no posee ningún atributo invariable; ciertamente es la menos poética de todas las criaturas de Dios».

Llegado el caso —no hay más que leer su correspondencia—, Keats era tan capaz como cualquiera de tomar partido y optar sartrianamente por lo que creía bueno o justo o necesario; pero ese sentimiento de esponja, esa insistencia en señalar una falta de identidad como tanto después le ocurriría al Ulrich de Robert Musil, apunta a ese especial camaleonismo que nunca podrían entender los coleópteros quitinosos. Si conocer alguna cosa supone siempre participar de ella en alguna forma, aprehenderla, el conocimiento poético se desinteresa con siderablemente de los aspectos conceptuales y quitinizables de la cosa y procede por irrupción, por asalto e ingreso afectivo a la cosa, lo que Keats llama sencillamente tomar parte en la existencia del gorrión y que después los alemanes llamarán *Einfühlung*, que suena tan bonito en los tratados. Todas estas cosas son sabidas pero vivimos un tiempo latinoamericano en el que a falta de verdadero Terror hay los pequeños miedos nocturnos que agitan el sueño del escritor, las pesadillas del escapismo, del no compromiso, del revisionismo, del libertinaje literario, de la gratuidad, del hedonismo, del arte por el arte, de la torre de marfil; la sinonimia y la idiotez son largas. Todo comisario está pronto a ver en el poeta al maricón o al cocainómano o al irresponsable de turno; y lo más espantoso es que alguna vez hubo un comisario llamado Platón. A mí, como a todos los de turno, me tocarán mis comisarios que reprocharán a este libro su efervescente vocación de juego. ¿Para qué defenderme? Otra vez me voy con Keats a vagar por ahí, pero antes escribimos con tiza en el paredón de la comisaría estas cosas que alguna vez se sabrán hasta en ellas. Sí, señora, desde luego que en el acto racional del conocimiento *no hay* pérdida de identidad; por el contrario, el sujeto se apresura a reducir el objeto a términos categorizables y petrificables, en procura de una simplificación lógica a su medida (que el comisario trasladará a la simplificación ideológica, moral, etc., que hace dormir en paz a los prosélitos). La conducta lógica del hombre tiende siempre a defender la persona del sujeto, a parapetarse frente a la irrupción osmótica de la realidad, ser por excelencia el antagonista del mundo, porque si al hombre lo obsesiona conocer es siempre un poco por hostilidad, por temor a *confundirse*. En cambio, ve usted, el poeta renuncia a defenderse. Renuncia a conservar una identidad en el acto de conocer porque precisamente el signo inconfundible, la marca en forma de trébol bajo la tetilla de los cuentos de hadas, se la da tempranamente el sentirse a cada paso otro, el salirse tan fácilmente de sí mismo para ingresar en las entidades que lo absorben, enajenarse en el objeto que será cantado, la materia física o moral cuya combustión lírica provocará el poema. Sediento de ser, el poeta no cesa de tenderse hacia la realidad buscando con el arpón infatigable del poema una realidad cada vez mejor ahondada, más *real*. Su poder es instrumento de posesión pero a la vez e inefablemente es deseo de posesión; como una red que pescara para sí misma, un anzuelo que fuera a la vez ansia de pesca. Ser poeta es ansiar, pero sobre todo obtener, en la exacta medida en que se ansía. De ahí las distintas dimensiones de poetas y poéticas; está el que se conforma con el deleite estético del verbo y procede en la medida circunstanciada de su impulso de posesión; está el que irrumpe en la realidad como un raptor de esencias y halla en sí mismo y por eso mismo el instrumento lírico que le permitirá arrancar una respuesta de *lo otro* capaz de volverlo suyo, de hacerlo suyo y, por lo tanto, nuestro; instancias como las *Duineser Elegien* o *Piedra de sol* fracturan para siempre la falsa valla kantiana entre el término de nuestra piel espiritual y el gran cuerpo cósmico, la verdadera patria. Mire usted, señora, la experiencia humana no basta para hacer un poeta, pero lo engrandece cuando se da paralelamente a la condición de poeta y cuando el poeta comprende la especial relación con que debe articularlas. Tocamos aquí la raíz del malentendido romántico a lo Espronceda o Lamartine, el hecho de creer que la condición poética debe ser sometida a la experiencia personal (experiencia del sentimiento y las pasiones, experiencia de los imperativos morales y sociales) en vez de ser éstas las que, enriquecidas y purificadas por una intuición poética del mundo, actúen como estímulos del verbo y lo proyecten fuera del ámbito meramente personal para volverlo poema y, por eso mismo, obra verdaderamente humana. En Keats, un hombre de persona inequívocamente definida en el plano moral e intelectual, ¿por qué hay una aparente contradicción entre su «humanidad» personal y el tono jamás anecdótico, jamás «comprometido» de su obra? ¿A qué responde ese infatigable sustituirse por distintos objetos poéticos, ese negarse a estar como persona en el poema?

Señora (y esto lo escribiremos con mayúsculas en la puerta de la comisaría), en eso reside la clara elucidación del problema. Sólo los débiles tienden a enfatizar el compromiso personal de su obra, a exaltarse compensatoriamente en el terreno donde su aptitud literaria los vuelve por un rato fuertes y sólidos y del buen lado. Muchas veces se es autobiográfico o panegirista (los poemas al héroe-yo o al héroe político del momento, da lo mismo) como en otros terrenos se es racista: por flojera, por sentimiento vergonzante de inferioridad. ¿Para qué abundar en ejemplos que están en todas las memorias, en poemas que tantos célebres señores quisieran hoy borrar de sus obras completas? La íntima seguridad que tiene Keats de su plenitud interior, la confianza en su intrínseca humanidad espiritual («it takes more than manliness to make a man», decía D. H. Lawrence, que sabía de eso) lo liberan tanto del narcisismo confesional a lo Musset como de la oda al libertador o al tirano. Frente a los comisarios que reclaman compromisos tangibles, el poeta sabe que puede anegarse en la realidad sin consignas, dejarse tomar o ser él quien tome con la soberana libertad del que tiene las llaves del retorno, la seguridad de que siempre estará él mismo esperándose, sólido y bien plantado en la tierra, portaaviones que aguarda sin recelo la vuelta de sus abejas exploradoras.

## Coda personal

Por eso, señora, le decía yo que muchos no entenderán este paseo del camaleón por la alfombra abigarrada, y eso que mi color y mi rumbo preferidos se perciben apenas se mira bien: cualquiera sabe que habito a la izquierda, sobre el rojo. Pero nunca hablaré explícitamente de ellos, o a lo mejor sí, no prometo ni niego nada. Creo que hago algo mejor que eso, y que hay muchos que lo comprenden. Incluso algunos comisarios, porque nadie está irremisiblemente perdido y muchos poetas siguen escribiendo con tiza en los paredones de las comisarias del norte y del sur, del este y del oeste de la horrible, hermosa tierra.

De *Ultimo Round*

# Del cuento breve y sus alrededores

*Léon L. affirmait qu'il n'y avait
qu'une chose de plus épouvantable
que l'Epouvante: la journée normale, le quotidien, nous-mêmes
sans le cadre forgé par l'Epouvante.
—Dieu a créé la mort. Il a créé la
vie. Soit, déclamait LL. Mais ne
dites pas que c'est Lui qui a égale-
ment créé la «journée normale»,
la «vie de-tous-les-jours». Grande
est mon impiété, soit. Mais devant cette calomnie, devant ce
blasphème, elle recule.*

PIOTR RAWICZ, *Le sang du ciel.*

Alguna vez Horacio Quiroga intentó un «decá-
logo del perfecto cuentista», cuyo mero título vale
ya como una guiñada de ojo al lector: Si nueve de
los preceptos son considerablemente prescindibles,
el último me parece de una lucidez impecable:
«Cuenta como si el relato no tuviera interés más
que para el pequeño ambiente de tus personajes,
de los que pudiste haber sido uno. No de otro modo
se obtiene la *vida* en el cuento».

La noción de pequeño ambiente da su sentido más
hondo al consejo, al definir la forma cerrada del
cuento, lo que ya en otra ocasión he llamado su es-
fericidad; pero a esa noción se suma otra igualmente significativa, la de que el narrador pudo haber
sido uno de los personajes, es decir que la situación
narrativa en sí debe nacer y darse dentro de la esfera, trabajando del interior hacia el exterior, sin que
los límites del relato se vean trazados como quien
modela una esfera de arcilla. Dicho de otro modo,
el sentimiento de la esfera debe preexistir de alguna
manera al acto de escribir el cuento, como si el narrador, sometido por la forma que asume, se moviera
implícitamente en ella y la llevara a su extrema ten-

sión, lo que hace precisamente la perfección de la forma esférica.

Estoy hablando del cuento contemporáneo, digamos el que nace con Edgar Allan Poe, y que se propone como una máquina infalible destinada a cumplir su misión narrativa con la máxima economía de medios; precisamente, la diferencia entre el cuento y lo que los franceses llaman *nouvelle* y los anglosajones *long short story* se basa en esa implacable carrera contra el reloj que es un cuento plenamente logrado: basta pensar en «The Cask of Amontillado», «Bliss», «Las ruinas circulares» y «The Killers». Esto no quiere decir que cuentos más extensos no puedan ser igualmente perfectos, pero me parece obvio que las narraciones arquetípicas de los últimos cien años han nacido de una despiadada eliminación de todos los elementos privativos de la *nouvelle* y de la novela, los exordios, circunloquios, desarrollos y demás recursos narrativos; si un cuento largo de Henry James o de D. H. Lawrence puede ser considerado tan genial como aquéllos, preciso será convenir en que estos autores trabajaron con una apertura temática y lingüística que de alguna manera facilitaba su labor, mientras que lo siempre asombroso de los cuentos contra el reloj está en que potencian vertiginosamente un mínimo de elementos, probando que ciertas situaciones o terrenos narrativos privilegiados pueden traducirse en un relato de proyecciones tan vastas como la más elaborada de las *nouvelles*.

Lo que sigue se basa parcialmente en experiencias personales cuya descripción mostrará quizá, digamos desde el exterior de la esfera, algunas de las constantes que gravitan en un cuento de este tipo. Vuelvo al hermano Quiroga para recordar que dice: «Cuenta como si el relato no tuviera interés más que para el pequeño ambiente de tus personajes, *de los que pudiste ser uno*». La noción de ser uno de los personajes se traduce por lo general en *el* relato en primera persona, que nos sitúa de rondón en un plano interno. Hace muchos años, en Buenos Aires, Ana María Barrenechea me reprochó amistosamente un exceso en el uso de la primera persona, creo que con referencia a los relatos de «Las armas secretas», aunque quizá se trataba de los de «Final del juego». Cuando le señalé que había varios en tercera persona, insistió en que no era así y tuve que probárselo libro en mano. Llegamos a la hipótesis de que quizá la tercera actuaba como una primera persona disfrazada, y que por eso la memoria tendía a homogeneixar monótonamente la serie de relatos del libro.

En ese momento, o más tarde, encontré una suerte de explicación por la vía contraria, sabiendo que cuando escribo un cuento busco instintivamente que sea de alguna manera ajeno a mí en tanto demiurgo, que eche a vivir con una vida independiente, y que el lector tenga o pueda tener la sensación de que en cierto modo está leyendo algo que ha nacido por sí mismo, en sí mismo y hasta de sí mismo, en todo caso con la mediación pero jamás la presencia manifiesta del demiurgo. Recordé que siempre me han irritado los relatos donde los personajes tienen que quedarse como al margen mientras el narrador explica por su cuenta (aunque esa cuenta sea la mera explicación y no suponga interferencia demiúrgica) detalles o pasos de una situación a otra. El signo de un gran cuento me lo da eso que podríamos llamar su autarquía, el hecho de que el relato se ha desprendido del autor como una pompa de jabón de la pipa de yeso. Aunque parezca paradójico, la narración en primera persona constituye la más fácil y quizá mejor solución del problema, porque *narración* y *acción* son ahí una y la misma cosa. Incluso cuando se habla de terceros, quien lo hace es parte de la acción, está en la burbuja y no en la pipa. Quizá por eso, en mis relatos en tercera persona, he procurado casi siempre no salirme de una

107

narración *strictu senso*, sin esas tomas de distancia que equivalen a un juicio sobre lo que está pasando. Me parece una vanidad querer intervenir en un cuento con algo más que con el cuento en sí.

Esto lleva necesariamente a la cuestión de la técnica narrativa, entendiendo por esto el especial enlace en que se sitúan el narrador y lo narrado. Personalmente ese enlace se me ha dado siempre como una polarización, es decir que si existe el obvio puente de un lenguaje yendo de una voluntad de expresión a la expresión misma, a la vez ese puente me separa, como escritor, del cuento como cosa escrita, al punto que el relato queda siempre, con la última palabra, en la orilla opuesta. Un verso admirable de Pablo Neruda: Mis criaturas nacen de un largo rechazo, me parece la mejor definición de un proceso en el que escribir es de alguna manera exorcisar, rechazar criaturas invasoras proyectándolas a una condición que paradójicamente les da existencia universal a la vez que las sitúa en el otro extremo del puente, donde ya no está el narrador que ha soltado la burbuja de su pipa de yeso. Quizá sea exagerado afirmar que todo cuento breve plenamente logrado, y en especial los cuentos fantásticos, son productos neuróticos, pesadillas o alucinaciones neutralizadas mediante la objetivación y el traslado a un medio exterior al terreno neurótico; de todas maneras, en cualquier cuento breve memorable se percibe esa polarización, como si el autor hubiera querido desprenderse lo antes posible y de la manera más absoluta de su criatura, exorcisándola en la única forma en que le era dado hacerlo: escribiéndola.

Este rasgo común no se lograría sin las condiciones y la atmósfera que acompañan al exorcismo. Pretender liberarse de criaturas obsesionantes a base de mera técnica narrativa puede quizá dar un cuento, pero al faltar la polarización esencial, el rechazo catártico, el resultado literario será precisamente eso, literario; al cuento le faltará la atmósfera que ningún análisis estilístico lograría explicar, el aura que pervive en el relato y poseerá al lector como había poseído, en el otro extremo del puente, al autor. Un cuentista eficaz puede escribir relatos literariamente válidos, pero si alguna vez ha pasado por la experiencia de librarse de un cuento como quien se quita de encima una alimaña, sabrá de la diferencia que hay entre posesión y cocina literaria, y a su vez un buen lector de cuentos distinguirá infaliblemente entre lo que viene de un territorio indefinible y ominoso, y el producto de un mero *métier*. Quizá el rasgo diferencial más penetrante —lo he señalado ya en otra parte— sea la tensión interna de la trama narrativa. De una manera que ninguna técnica podría enseñar o proveer, el gran cuento breve condensa la obsesión de la alimaña, es una presencia alucinante que se instala desde las primeras frases para fascinar al lector, hacerle perder contacto con la desvaída realidad que lo rodea, arrasarlo a una sumersión más intensa y avasalladora. De un cuento así se sale como de un acto de amor, agotado y fuera del mundo circundante, al que se vuelve poco a poco con una mirada de sorpresa, de lento reconocimiento, muchas veces de alivio y tantas otras de resignación. El hombre que escribió ese cuento pasó por una experiencia todavía más extenuante, porque de su capacidad de transvasar la obsesión dependía el regreso a condiciones más tolerables; y la tensión del cuento nació de esa eliminación fulgurante de ideas intermedias, de etapas preparatorias, de toda la retórica literaria deliberada, puesto que había en juego una operación en alguna medida fatal que no toleraba pérdida de tiempo; estaba allí, y sólo de un manotazo podía arrancársela del cuello o de la cara. En todo caso así me tocó escribir muchos de mis cuentos; incluso en algunos relativamente largos, como *Las armas secretas,* la angustia omnipresente a lo largo de todo un día me obligó a trabajar empecinadamente hasta terminar el relato y sólo entonces, sin cuidarme de releerlo, bajar a la calle y caminar por mí mismo, sin ser ya Pierre, sin ser ya Michèle.

Esto permite sostener que cierta gama de cuentos nace de un estado de trance, anormal para los cánones de la normalidad al uso, y que el autor los escribe mientras está en lo que los franceses llaman un «état second». Que Poe haya logrado sus mejores relatos en ese estado (paradójicamente reservaba la frialdad racional para la poesía, por lo menos en la intención) lo prueba más acá de toda evidencia testimonial el efecto traumático, contagioso y para algunos diabólico de *The Tell-tale Heart* o de *Berenice*. No faltará quien estime que exagero esta noción de un estado ex-orbitado como el único terreno donde puede nacer un gran cuento breve; haré notar que me refiero a relatos donde el tema mismo contiene la «anormalidad», como los citados de Poe, y que me baso en mi propia experiencia toda vez que me vi obligado a escribir un cuento para evitar algo mucho peor. ¿Cómo describir la atmósfera que antecede y envuelve el acto de escribirlo? Si Poe hubiera tenido ocasión de hablar de eso, estas páginas no serían intentadas, pero él calló ese círculo de su infierno y se limitó a convertirlo en *The Black Cat* o en *Ligeia*. No sé de otros testimonios que puedan ayudar a comprender el proceso desencadenante y condicionante de un cuento breve digno de recuerdo; apelo entonces a mi propia situación de cuentista y veo a un hombre relativamente feliz y cotidiano, envuelto en las mismas pequeñeces y dentistas de todo habitante de una gran ciudad, que lee el periódico y se enamora y va al teatro y que de pronto, instantáneamente, en un viaje en el subte, en un café, en un sueño, en la oficina mientras revisa una traducción sospecha acerca del analfabetismo en Tanzania, deja de ser él y su circunstancia y sin *razón* alguna, sin preaviso, sin el aura de los epilépticos, sin la crispación que precede a las grandes jaquecas, sin nada que le dé tiempo a apretar los dientes y a respirar hondo, *es un cuento,* una masa informe sin palabras ni caras ni principio ni fin pero ya un cuento, algo que solamente puede ser un cuento y además en seguida, inmediatamente. Tanzania puede irse al demonio porque este hombre meterá una hoja de papel en la máquina y empezará a escribir aunque sus jefes y las Naciones Unidas en pleno le caigan por las orejas, aunque su mujer lo llame porque se está enfriando la sopa, aunque ocurran cosas tremendas en el mundo y haya que escuchar las informaciones radiales o bañarse o telefonear a los amigos. Me acuerdo de una cita curiosa, creo que de Roger Fry; un niño precozmente dotado para el dibujo explicaba su método de composición diciendo: *First I think and then I draw a line round my think* (sic). En el caso de estos cuentos sucede exactamente lo contrario: la línea verbal que los dibujará arranca sin ningún «think» previo, hay como un enorme coágulo, un bloque total que ya es el cuento, eso es clarísimo aunque nada pueda parecer más oscuro, y precisamente ahí reside esa especie de analogía onírica de signo inverso que hay en la composición de tales cuentos, puesto que todos hemos soñado cosas meridianamente claras que, una vez despiertos, eran un coágulo informe, una masa sin sentido. ¿Se sueña despierto al escribir un cuento breve? Los límites del sueño y la vigilia, ya se sabe: basta preguntarle al filósofo chino o a la mariposa. De todas maneras si la analogía es evidente, la relación es de signo inverso por lo menos en mi caso, puesto que arranco del bloque informe y escribo algo que sólo entonces se convierte en un cuento coherente y válido *per se.* La memoria, traumatizada sin duda por una experiencia vertiginosa, guarda en detalle las sensaciones de esos momentos, y me permite racionalizarlos aquí en la medida de lo posible. Hay la masa que es el cuento (¿pero qué cuento? No lo sé y lo sé, todo está visto por algo mío que no es mi conciencia pero que vale más que ella en esa hora fuera del tiempo y la razón), hay la angustia y la ansiedad y la maravilla, porque también las sensaciones y los sentimientos se contradicen en esos momentos, escribir un cuento así es simultáneamente terrible y maravilloso, hay una desesperación exaltante, una exaltación desesperada; es ahora o nunca, y el temor de que pueda ser nunca exacerba el ahora, lo vuelve máquina de escribir corriendo a todo teclado, olvido de la circunstancia, abolición de lo circundante. Y entonces la masa negra se aclara a medida que se avanza, increíblemente las cosas son de una extrema facilidad como si el cuento ya estuviera escrito con una tinta simpática y uno le pasara por encima el pincelito que lo despierta. Escribir un cuento así no da ningún trabajo, absolutamente ninguno; todo ha ocurrido antes y ese antes, que aconteció en un plano donde «la sinfonía se agita en la profundidad», para decirlo con Rimbaud, es el que ha provocado la obsesión, el coágulo abominable que había que arrancarse a tirones de palabras. Y por eso, porque todo está decidido en una región que diurnamente me es ajena, ni siquiera el remate del cuento presenta problemas, sé que puedo escribir sin detenerme, viendo presentarse y sucederse los episodios, y que el desenlace está tan incluido en el coágulo inicial como el punto de partida. Me acuerdo de la mañana en que me cayó encima *Una flor amarilla*: el bloque amorfo era la noción del hombre que encuentra a un niño que se le parece y tiene la deslumbradora intuición de que somos inmortales. Escribí las primeras escenas sin la menor vacilación, pero no sabía lo que iba a ocurrir, ignoraba el desenlace de la historia. Si en ese momento alguien me hubiera interrumpido para decirme: «Al final el protagonista va a envenenar a Luc», me hubiera quedado estupefacto. Al final el protagonista envenena a Luc, pero eso llegó como todo lo anterior, como una madeja que se desovilla a medida que tiramos; la verdad es que en mis cuentos no hay el menor mérito literario, el menor esfuerzo. Si algunos se salvan del olvido es porque he sido capaz de recibir y transmitir sin demasiadas pérdidas esas latencias de una psiquis profunda, y el resto es una cierta veteranía para no falsear el misterio, conservarlo lo más cerca posible de su fuente, con su temblor original, su balbuceo arquetípico.

Lo que precede habrá puesto en la pista al lector: no hay diferencia genética entre este tipo de cuentos y la poesía como la entendemos a partir de Baudelaire. Pero si el acto poético me parece una suerte de magia de segundo grado, tentativa de posesión ontológica y no ya física como en la magia propiamente dicha, el cuento no tiene intenciones esenciales, no indaga ni transmite un conocimiento o un «mensaje». El génesis del cuento y del poema es sin embargo el mismo, nace de un repentino extrañamiento, de un *desplazarse* que altera el régimen «normal» de la conciencia; en un tiempo en que las etiquetas y los géneros ceden a una estrepitosa bancarrota, no es inútil insistir en esta afinidad que muchos encontrarán fantasiosa. Mi experiencia me dice que, de alguna manera, un cuento breve como los que he tratado de caracterizar no tiene una *estructura de prosa*. Cada vez que me ha tocado revisar la traducción de uno de mis relatos (o intentar la de otros autores, como alguna vez con Poe) he sentido hasta qué punto la eficacia y el *sentido* del cuento dependían de esos valores que dan su carácter específico al poema y también al jazz: la tensión, el ritmo, la pulsación interna, lo imprevisto dentro de parámetros pre-vistos, esa *libertad fatal* que no admite alteración sin una pérdida irrestañable. Los cuentos de esta especie se incorporan como cicatrices indelebles a todo lector que los merezca: son criaturas vivientes, organismos completos, ciclos cerrados, y respiran. *Ellos* respiran, no el narrador,

113

a semejanza de los poemas perdurables y a diferencia de toda prosa encaminada a transmitir la respiración del narrador, a *comunicarla* a manera de un teléfono de palabra. Y si se pregunta: Pero entonces, ¿no hay comunicación entre el poeta (el cuentista) y el lector?, la respuesta es obvia: La comunicación se opera *desde* el poema o el cuento, no *por medio* de ellos. Y esa comunicación no es la que intenta el prosista, de teléfono a teléfono; el poeta y el narrador urden criaturas autónomas, objetos de conducta imprevisible, y sus consecuencias ocasionales en los lectores no se diferencian esencialmente de las que tienen para el autor, primer sorprendido de su creación, lector azorado de sí mismo.

Breve coda sobre los cuentos fantásticos. Primera observación: lo fantástico como nostalgia. Toda *suspensión of disbelief* obra como una tregua en el seco, implacable asedio que el determinismo hace al hombre. En esa tregua, la nostalgia introduce una variante en la afirmación de Ortega: hay hombres que en algún momento cesan de ser ellos y su circunstancia, hay una hora en la que se anhela ser uno mismo y lo inesperado, uno mismo y el momento en que la puerta que antes y después da al zaguán se entorna lentamente para dejarnos ver el prado donde relincha el unicornio.

Segunda observación: lo fantástico exige un desarrollo temporal ordinario. Su irrupción altera instantáneamente el presente, pero la puerta que da al zaguán ha sido y será la misma en el pasado y el futuro. Sólo la alteración momentánea dentro de la regularidad delata lo fantástico, pero es necesario que lo excepcional pase a ser también la regla sin desplazar las estructuras ordinarias entre las cuales se ha insertado. Descubrir en una nube el perfil de Beethoven sería inquietante si durara diez segundos antes de deshilacharse y volverse fragata o paloma; su carácter fantástico sólo se afirmaría en caso de que el perfil de Beethoven siguiera allí mientras el resto de las nubes se conduce con su desintencionado desorden sempiterno. En la mala literatura fantástica, los perfiles sobrenaturales suelen introducirse como cuñas instantáneas y efímeras en la sólida masa de lo consuetudinario; así, una señora que se ha ganado el odio minucioso del lector, es meritoriamente estrangulada a último minuto gracias a una mano fantasmal que entra por la chimenea y se va por la ventana sin mayores rodeos, aparte de que en esos casos el autor se cree obligado a proveer una «explicación» a base de antepasados vengativos o maleficios malayos. Agrego que la peor literatura de este género es sin embargo la que opta por el procedimiento inverso, es decir el desplazamiento de lo temporal ordinario por una especie de «full-time» de lo fantástico, invadiendo la casi totalidad del escenario con gran despliegue de cotillón sobrenatural, como en el socorrido modelo de la casa encantada donde todo rezuma manifestaciones insólitas, desde que el protagonista hace sonar el aldabón de las primeras frases hasta la ventana de la buhardilla donde culmina espasmódicamente el relato. En los dos extremos (insuficiente instalación, en la circunstancia ordinaria, y rechazo casi total de esta última) se peca por impermeabilidad, se trabaja con materias heterogéneas momentáneamente vinculadas pero en las que no hay ósmosis, articulación convincente. El buen lector siente que nada tienen que hacer allí esa mano estranguladora ni ese caballero que de resultas de una apuesta se instala para pasar la noche en una tétrica morada. Este tipo de cuentos que abruma las antologías del género recuerda la receta de Edward Lear para fabricar un pastel cuyo glorioso nombre he olvidado: Se toma un cerdo, se le ata a una estaca y se le pega violentamente, mientras por otra parte se prepara con diversos ingredientes una masa cuya cocción sólo se interrumpe para seguir apaleando al cerdo. Si al cabo de tres días no se ha logrado que la masa y el cerdo formen un todo homogéneo, puede considerarse que el pastel es un fracaso, por lo cual se soltará al cerdo y se tirará la masa a la basura. Que es precisamente lo que hacemos con los cuentos donde no hay ósmosis, donde lo fantástico y lo habitual se yuxtaponen sin que nazca el pastel que esperábamos saborear estremecidamente.

# La muñeca rota

A lo mejor estas páginas interesan a un cierto género de lectores de *62,* en la medida en que les definirán mejor algunos rumbos o les multiplicarán las incertidumbres, maneras quizá equivalentes de llegar a un mismo destino cuando se navega por aguas de doble filo.

Es sabido que toda atención funciona como un pararrayos.* Basta concentrarse en un determinado terreno para que frecuentes analogías acudan de extramuros y salten la tapia de la cosa en sí, eso que se da en llamar coincidencias, hallazgos concomitantes, la terminología es amplia. En todo caso a mí se me ha ocurrido siempre cumplir ciclos dentro de los cuales lo realmente significativo giraba en torno a un agujero central que era paradójicamente el texto por escribir o escribiéndose. En los años de *Rayuela* la saturación llegó a tal punto que lo único honrado era aceptar sin discusión esa lluvia de meteoritos que entraban por ventanas de calles, libros, diálogos, azares cotidianos, y convertirlos en pasajes, fragmentos, capítulos prescindibles o imprescindibles de eso otro que nacía alrededor de una oscura historia de desencuentros y de búsquedas; de ahí, en gran medida, la técnica y la presentación del relato. Pero ya en *Rayuela,* previsoramente, se aludía al consejo de Gide de que el escritor no debe aprovecharse jamás del impulso adquirido; si *62* había de intentar años después una de las posibles vías allí sospechadas, era preciso que lo hiciera inauguralmente, provocando y asumiendo los riesgos de una tentativa por completo diferente. Nada tengo que decir sobre el fondo del libro, que el lector probablemente conoce de sobra; y sin embargo es

---

* Al igual que la distracción. En «Cristal con una rosa dentro» (p. 128), se intenta mostrar una experiencia que habría de ser más tarde el núcleo de *62.*

posible que ese mismo lector no haya advertido que
su escritura prescindía de toda adherencia momentánea, que las remisiones a otros puntos de vista, las
citas de autores o hechos simpáticamente ligados a
la trama central, habían sido eliminadas con vistas
a una narración lo más lineal y directa posible. Es
raro que los personajes aludan a elementos literarios
ajenos o a textos que su situación momentánea pa-
rafrasea: todo se reduce a alguna referencia a De-
bussy, un libro de Michel Butor, una mención bi-
bliográfica concerniente a la condesa Erszebet Ba-
thori, vampira. Cualquiera que me conozca deberá
admitir que esta búsqueda de literalidad no era fácil. En mi memoria, en lo que me sucedía diaria-
mente mientras escribía la novela, en los sueños y
en los encuentros, la atención puesta en ese territorio determinado se traducía una vez más en lluvia
de meteoritos, en coincidencias inquietantes, en con-
firmaciones y paralelismos. De ellos quisiera hablar
aquí, porque cumplida la promesa que me había
hecho a mí mismo de escribir sin incorporarlos al
texto, puedo darme el gusto de mostrar a quienes
comparten este género de vivencias un rincón de la
cocina del escritor, sus encuentros con los destiem-
pos y los desespacios que son lo más real de la realidad en que se mueve.

Al principio, cuando esa especie de danza cere-
moniosa que cumplen los personajes sin saberlo demasiado estaba todavía como larvada en un texto
que difícilmente se abría paso en su especial territorio, las ocasionales lecturas del momento empezaron a rezumar indicios inequívocos. *La mise à
mort*, de Aragon, por ejemplo, este fragmento que
saltó de la página como un murciélago:

*Una novela para la que no tenemos clave. Ni si-
quiera se sabe quién es el héroe, positivo o no. Hay
una serie de encuentros, de gentes que uno olvida
apenas las ha visto y de otras gentes sin interés que*

*reaparecen todo el tiempo. Ah, qué mal hecha está
la vida. Uno trata de darle una significación general. Uno trata. Pobre diablo.*

Aragon hablaba de *La mise à mort,* pero yo comprendí que esas palabras eran el más perfecto epígrafe para mi libro. Ya he dicho que decidí dar el
texto desnudo, no sólo por ir a contrapelo de *Rayuela* (y de esos lectores que siempre esperan «Veinte años después» cuando han terminado «Los tres
mosqueteros») sino porque preveía la hora en que
podría escribir unas páginas *post facto* donde esos
encuentros y muchos más incidirían desde otros án-
gulos en el libro, puesto que el lector los conocería
antes o después de aquél y, en todo caso, en circunstancias físicas y psicológicas diferentes. Vale la pena
hacer un paréntesis para recordar que las interacciones de la vida y de la lectura son apenas tenidas en
cuenta por el novelista, un poco como si solamente
él y sus criaturas estuvieran metidos en el continuo
espacio-tiempo y su lector fuese en cambio una en-
tidad abstracta que sostendrá en algún momento un
paquete de doscientas cincuenta páginas entre los
dedos de la mano izquierda y dispondrá de un tiempo corrido para agotarlas. Demasiado sé hasta qué
punto las irrupciones cotidianas alteran, desazonan,
y a veces inventan o destruyen mi trabajo; ¿por qué
no transmitir, entonces, esas intermitencias o rupturas al lector y darle, antes o después del juego
principal, algunas piezas complementarias del modelo para armar? (Hay más: en las buenas épocas
de los folletines, los novelistas hubieran podido va-
lerse de que el lector viviría días o semanas inserta-
bles entre capítulo y capítulo de esas otras vidas fabulosas por las que a su vez corría una duración diferente. ¿Por qué no tener en cuenta *la otra historia*
de esos intervalos? He buscado en Dickens, en Bal-
zac o en Dumas el posible aprovechamiento de esa
situación a la vez peligrosa y privilegiada, sin en-

contrar indicios concluyentes. Un Dickens, sin embargo, sabía que sus lectores de los Estados Unidos esperaban ansiosos en el puerto la llegada del barco que les traería los últimos episodios de *The Old Curiosity Shop,* y que mucho antes de que echaran los cabos de amarre se alzaba en los muelles la pregunta angustiada a los de a bordo: «¿Ha muerto la pequeña Nell?»).

Vaya a saber qué curiosos cambios de rumbo puede tener el recuerdo de un libro, su fantasma ya adelgazado, si el autor espera al lector en otra vuelta de la tuerca con una vela encendida en la mano o unas páginas sueltas; su mutua relación, en todo caso, ¿no será más entrañable, no anulará mejor ese hiato hostil entre texto y lector, como el teatro actual lucha por anular el hiato entre escenario y platea? Por cosas así me pareció que si bien el lector de *62* tendría que situarse en el especial devenir del libro (allí la diacronía, la sucesión temporal carece de validez por la índole misma de lo que se cuenta, sin que deje de operar una causalidad dentro de una duración que cabría llamar «afectiva» en el sentido en que Julien Benda hablaba de lógica afectiva frente a la puramente intelectual y que es en realidad una sincronía por la que el relato alcanza su coherencia interna), tampoco era inútil que más tarde yo le facilitara algunas de las inter, re, trans y preferencias que me habían acuciado mientras escribía y que en aquel entonces eliminé deliberadamente. Los versos de Hölderlin, por ejemplo, leídos en los días en que Juan entraba en el restaurante Polidor y una muñeca empezaba a cumplir su derrotero cargado de desgracia, unos mínimos versos de Hölderlin loco repetidos en mi memoria hasta la exasperación:

*Pero los tiempos, sin embargo,*
*los interpenetramos:*

*Demetrio Poliorcetes,*
*Pedro el Grande.*

Scardanelli había alcanzado a tocar, a vivir esa hora en la que los tiempos se enlazaban y consumían como el humo de diferentes cigarrillos en un mismo cenicero, y Demetrio Poliorcetes coexistía con Pedro el Grande así como en esos días era frecuente que algún personaje mío que vivía en una ciudad saliera a caminar con alguien que quizá estaba en otra. Y no podía parecerme insólito que en esa época, leyendo *Pale Fire*, de Vladimir Nabokov, un pasaje del poema se adelantara a mi tiempo, viniendo desde el pasado de un libro ya escrito para describir metafóricamente un libro que empezaba apenas a hincarse en el futuro, un pasaje que no se dejaría traducir y que es éste:

*But all at once in dawned on me that this*
*Was the real point, the contrapuntal theme;*
*Just this: not text, but texture; not the dream*
*But topsy turvical coincidence,*
*Not flimsy nonsense, but a web of sense.*
*Yes! It sufficed that I in life could find*
*Some kind or link-and-bobolink, some kind*
*Of correlated pattern in the game,*
*Plexed artistry, and something of the same*
*Pleasure in it as they who played it found.*
*It did not matter who they were. No sound,*
*Abode, but there they were, aloof and mute,*
*Playing a game of worlds, promoting pawns*
*To ivory unicorns and ebon fauns—*

. . . . . . . . . . . . . . .

*...Coordinating there*
*Events and objects with remote events*
*And vanished objects. Making ornaments*
*Of accidents and possibilities.*

Todo se daba allí como palabras de oráculo: *Not text but texture*. La conciencia de que la trama debía dar el texto en vez de ser éste quien tejiera convencionalmente la trama y estuviera a su servicio. Y así entonces encontrar *some kind of correlated pattern in the game,* la estructura del juego que coordinara naturalmente *events and objects with remote events and vanished objects.* Dentro de esa perspectiva se había tendido desde mucho tiempo atrás la razón de ser de *62,* exploración de lo exploratorio, experimento de la experimentación, y todo ello sin renunciar a la narrativa, a la organización de otro pequeño mundo donde pudiéramos reconocernos y divertirnos y andar junto a Feuille Morte y naufragar con Calac y Polanco. Pero exactamente entonces, por supuesto, tenía que llegarme a las manos un texto de Felisberto que no conocía (estos uruguayos esconden sus mejores cosas), y en él un programa de trabajo que vendría a darme la razón en la hora de la más extrema duda. «No creo que solamente deba escribir lo que sé», decía Felisberto, «sino también lo otro». Frente a una narración en la que una ruptura de todo puente lógico y sobre todo psicológico había sido condición previa de la experiencia, frente a un tanteo muchas veces exasperante por la renuncia deliberada a los puntos de apoyo convencionales del género, la sentencia de Felisberto me llegaba como una mano alcanzándome el primer mate amargo de la amistad bajo las glicinas. Comprendí que teníamos razón, que había que seguir *adelantándose.* Porque «lo otro», ¿quién lo conoce? Ni el novelista ni el lector, con la diferencia de que el novelista *adelantado* es aquél que entreví las puertas ante las cuales él mismo y el lector futuro se detendrán tanteando los cerrojos y buscando el paso. Su tarea es la de alcanzar el límite entre lo sabido y lo otro, porque en eso hay ya un comienzo de trascendencia. El misterio no se escribe con mayúscula como lo imaginan tantos narradores, sino que está siempre *entre,* intersticialmente. ¿Acaso conocía yo lo que iba a ocurrir después que Marrast enviara el anónimo a los Neuróticos Anónimos? Sabía algunas cosas, que el orden burocrático y estético del Courtauld Institute se veía perturbado por esa acción insensata y a la vez necesaria y como fatal dentro del mecanismo del relato (*a web of sense!*); pero en cambio ignoraba que Nicole se entregaría a Austin cien páginas después, y eso era parte de «lo otro» que esperaba su momento al término de «lo sabido».

Ese sentimiento de porosidad virtual, de que lo único capaz de permitir el *adelanto* era provocar irrupciones intersticiales sin la pretensión de abarcar la entera superficie de la esponja fenoménica, se vio maravillosamente iluminada en esas semanas por un texto indio, la estrofa 61 del *Vijñana Bhairava* que había encontrado en una revista francesa: «En el momento en que se perciben dos cosas, tomando conciencia del intervalo entre ellas, hay que ahincarse en ese intervalo. Si se eliminan simultáneamente las dos cosas, entonces, en ese intervalo, resplandece la Realidad». En el modesto, pequeño mundo de la novela que veía hacerse noche a noche, muchos intervalos (que yo había llamado intersticios y que valían tanto para el espacio como para el tiempo, repercusiones a la distancia, relampagueantes *gestalt* en que una rápida curva cerraba un dibujo hasta entonces irreconocible y lo convertía en una explicación de Hélène o un acto de Tell o de Juan) se iban llenando de realidad, eran la realidad revelada por el texto indio. Y entonces (pocos me creerán, parecerá más «lógico» imaginar que he buscado librescamente estos armónicos), una frase de Maurice Merleau-Ponty vino a justificar en mi propio terreno, el de la *significación,* la forma meramente receptiva y abierta a cualquier sorpresa en que yo seguía escribiendo un libro del que no sabía casi nada. «El número y la riqueza de las significaciones de que dispone el hombre», dice Merleau-Ponty a propósito de Mauss y de Lévi-Strauss, «exceden siempre el círculo de los objetos definidos que merecen el nombre de significados.» Y a continuación, como si me ofreciera un cigarrillo: «La función simbólica debe adelantarse siempre a su objeto y sólo encuentra lo real cuando se le adelanta en lo imaginario...»

Cosas así, claro, yo las hubiera incorporado inmediatamente al libro en los tiempos de *Rayuela*. Sobre todo un episodio turístico que me ocurrió en el norte de Italia aunque no en la carretera de Venecia a Mantua cerca de unas casas rojas sino en la cuesta que lleva de Cernobbio a Crotto. (Análogamente, la estrofa del texto indio es la 61, no la 62...). A mitad de camino, mirando el lago de Como engastado en lo hondo, di con una casa en cuya entrada había una de las inscripciones más miserables que hayan nacido del mundo pequeño burgués:

> *Porta aperta per chi porta*
> *Chi non porta parta*

¿Podía acaso sospechar el harpagonesco inventor de este sucio juego de palabras, a quien imaginaba agazapado como una gorda araña desconfiada entre prosciuttos y quesos cacciacavallo, que también él podía valer como un tiro de dados ajeno? Yo había llegado hasta su casa con esa distracción receptiva de lo ambulatorio en que la reflexión y las sensaciones confunden sus límites en una sola vivencia, y precisamente en esos días Marrast iba a escribir la carta al club de los neuróticos anónimos para que investigaran el supuesto misterio del tallo de *hermodactylus tuberosis*. Con los ojos de Marrast leí la placa innoble y la entendí de otra manera, subí hasta Crotto diciéndome que los juegos de palabras escondían una de las claves de esa realidad por la que vanamente inquiere el diccionario frente a cada palabra suelta. Sólo el que trajera algo consigo encontraría la puerta abierta, y por lo tanto el novelista que proponía la puerta de *lo otro* (Marrast iba a proponerlo concretamente a los neuróticos anónimos) tendría el acceso inicial puesto que lo que traía era precisamente la puerta, o sea el agujero abierto hacia el misterio; así precisamente el hecho de *portar* se fundía con la noción misma de la puerta, del agujero abierto, entre Cernobbio y Crotto, entre Cortázar y Marrast.

Meses después, en Saignon que encrespa sus rocas sobre Apt, la Apta Iulia de las legiones de Augusto donde una vez hice luchar a Marco contra un reciario nubio, empecé a entrar poco a poco en la noche del hotel del Rey de Hungría, obstinándome en no ceder a una facilidad Monk Lewis o Sheridan Le Fanu y en cambio dejar que Juan viviera su extraña aventura con la displicencia escéptica de todo argentino bien viajado. Entre las lecturas que me había traído de París venía un número de esa inconcebible revista llamada *The Situationist,* de la que lo menos que puede decirse es que está escrita por obsesos, gran mérito en una época en que las revistas literarias tienden a la cordura en un grado que roza lo luctuoso. Dedicado nada menos que a la topología de los laberintos, el número traía textos de Gaston Bachelard y entre ellos el siguiente, cuya inclusión en mi libro hubiera iluminado *a giorno* el hotel del Rey de Hungría y tantos otros hoteles de *62:* «Un *analysis situs* de los instantes activos puede desinteresarse de la longitud de los intervalos, así como el *analysis situs* de los elementos geométricos se desinteresa de su magnitud. Lo único que cuenta es su agrupación. Existe entonces una causalidad del orden, una causalidad de grupo. La eficacia de esa causalidad es más sensible a medida que asciende hacia las acciones más compuestas, más inteligentes, más vigiladas...»

Vaya uno a decirlo mejor, a creerlo más firmemente, a clavarlo con más eficacia en el cartón de la literatura. Y por si fuera poco, esta yapa que resumía la deliberada fluctuación temporal de mi libro: «Toda duración es esencialmente polimorfa;

la acción real del tiempo reclama la riqueza de las coincidencias…»

Y ahora, para ir llegando al término de estas rutas paralelas, me acuerdo de la mañana en que terminé *62*. Me había levantado a las seis, después de un mal sueño, para escribir las últimas páginas, y vi hacerse el final del libro con una sorpresa ya casi familiar y recurrente, porque en mis cuentos o mis novelas me ocurre que hay como un brusco golpe de timón en los últimos momentos de trabajo, todo se organiza de otro modo y de pronto me quedo fuera del libro, mirándolo como a un bicho raro, comprendiendo que debo escribir la palabra FIN pero sin fuerzas para hacerlo, huérfano del libro o él huérfano de mí, los dos desamparados, cada uno ya en su mundo a pesar de lo que luego se corrija o se cambie, dos órbitas diferentes, apretón de manos en una encrucijada, que te vaya bien, adiós. Y entonces cebé un mate, desconcertado y hueco, fumé mirando subir el sol sobre Cazeneuve, jugué un rato con Teodoro W. Adorno que siempre venía a esa hora en busca de leche y arrumacos, y en el tercer cigarrillo me dieron ganas de leer a Rimbaud y entre dos zarpazos de Teodoro lo abrí en *Les déserts de l'amour* y caí en un fragmento que no podía ser que estuviera también, como yo ahora, del otro lado de la palabra FIN, a tal punto continuaba las visiones de esas últimas horas de trabajo:

*Je sortis dans la ville sans fin. O fatigue! Noyé dans la nuit sourde et dans la fuite du bonheur. C'était comme une nuit d'hiver, avec une neige pour étouffer le monde décidément. Les amis, auxquels je criais: où reste-t-elle, répondaient faussement. Je fus devant les vitrages de là où elle va tous les soirs: je courais dans un jardin enseveli. On m'a repoussé. Je pleurais énormément, à tout cela. Enfin, je suis descendu dans un lieu plein de poussière, et, assis*

*sur les larmes de mon corps avec cette nuit. Et mon*
*épuisement me revenait pourtant toujours.*

Era Juan buscando a Hélène hacia el final, era Nicole en el muelle de la ciudad, era yo sintiendo caer desde lo más hondo el guante infinitamente pesado de ese paquete atado con hilo amarillo que iba a romperse una vez más bajo el cuerpo de una mujer asesinada. Ya no pudo sorprenderme que pocos días después, Aragon que había abierto este concilio de fuerzas en torno a mi libro, me dijera desde un poema:

*Laisse-les ouvrir le ventre à leurs jouets saccager*
[*les roses*
*Je me souviens je me souviens de comment tout ça*
[*s'est passé.*

# Cristal con una rosa dentro

El estado que definimos como *distracción* podría ser de alguna manera una forma diferente de la atención, su manifestación simétrica más profunda situándose en otro plano de la psiquis; una atención dirigida *desde* o *a través* e incluso *hacia* ese plano profundo. No es infrecuente que en el sujeto dado a ese tipo de distracciones (lo que se llama papar moscas) la presentación sucesiva de varios fenómenos heterogéneos cree instantáneamente una aprehensión de homogeneidad deslumbradora. En mi condición habitual de papador de moscas puede ocurrirme que una serie de fenómenos iniciada por el ruido de una puerta al cerrarse, que precede o se superpone a una sonrisa de mi mujer, al recuerdo de una callejuela en Antibes y a la visión de una rosa en un vaso, desencadene una figura ajena a todos sus elementos parciales, por completo indiferente a sus posibles nexos asociativos o causales, y proponga —en ese instante fulgural e irrepetible y ya pasado y oscurecido— la entrevisión de otra realidad en la que eso que para mí era ruido de puerta, sonrisa y rosa constituye algo por completo diferente en esencia y significación.

Suele señalarse que también la *imagen poética* es una re-presentación de elementos de la realidad usual articulados de tal manera que su sistema de relaciones favorece esa misma entrevisión de una realidad otra. La diferencia estriba en que el poeta es el enajenador involuntario o voluntario pero siempre intencionado de esos elementos (intuir la nueva articulación, escribir la imagen), mientras que en la vivencia del papador de moscas la entrevisión se da pasiva y fatalmente: la puerta se golpea, alguien sonríe, y el sujeto *padece* un extrañamiento instantáneo. Personalmente proclive a las dos formas, la más o menos intencionada y la totalmente pasiva, es esta última la que me arranca con mayor fuerza de mí mismo para proyectarme hacia una perspectiva de la realidad en la que desgraciadamente no soy capaz de hacer pie y permanecer. A señalar que en el ejemplo, los elementos de la serie: puerta que se golpea — sonrisa — Antibes — rosa —, cesan de ser lo que connotan los términos respectivos, sin que pueda saberse *qué* pasan a ser. El deslizamiento ocurre un poco como en el fenómeno del *déjà vu:* apenas iniciada la serie, digamos: puerta — sonrisa —, lo que sigue (Antibes — rosa —) pasa a ser parte de la figura total y cesa de valer en tanto que «Antibes» y «rosa», a la vez que los elementos desencadenantes (puerta — sonrisa) se integran en la figura cumplida. Se está como ante una cristalización fulgurante, y si la sentimos desarrollarse temporalmente: 1) puerta, 2) sonrisa, algo nos asegura irrefutablemente que es sólo por razones de condicionamiento psicológico o mediatización en el continuo espacio-tiempo. En realidad *todo ocurre (es) a la vez:* la «puerta», la «sonrisa» y el resto de los elementos que dan la figura, se proponen como facetas o eslabones, como un relámpago articulante que cuaja el cristal en un acaecer sin tiempo. Imposible que eso *dure,* porque no está en la duración. Imposible que lo retengamos, puesto que no sabemos des-plazarnos. Queda una ansiedad, un temblor, una vaga nostalgia. Algo estaba ahí, quizá tan cerca. Y ya no hay más que una rosa en su vaso, en este lado donde *a rose is a rose is a rose* y nada más.

# Algunos aspectos del cuento

Me encuentro hoy ante ustedes en una situación bastante paradójica. Un cuentista argentino se dispone a cambiar ideas acerca del cuento sin que sus oyentes y sus interlocutores, salvo algunas excepciones, conozcan nada de su obra. El aislamiento cultural que sigue perjudicando a nuestros países, sumado a la injusta incomunicación a que se ve sometida Cuba en la actualidad, han determinado que mis libros, que son ya unos cuantos, no hayan llegado más que por excepción a manos de lectores tan dispuestos y tan entusiastas como ustedes. Lo malo de esto no es tanto que ustedes no hayan tenido oportunidad de juzgar mis cuentos, sino que yo me siento un poco como un fantasma que viene a hablarles sin esa relativa tranquilidad que da siempre el saberse precedido por la labor cumplida a lo largo de los años. Y esto de sentirme como un fantasma debe ser ya perceptible en mí, porque hace unos días una señora argentina me aseguró en el hotel Riviera que yo no era Julio Cortázar, y ante mi estupefacción agregó que el auténtico Julio Cortázar es un señor de cabellos blancos, muy amigo de un pariente suyo, y que no se ha movido nunca de Buenos Aires. Como yo hace doce años que resido en París, comprenderán ustedes que mi calidad espectral se ha intensificado notablemente después de esta revelación. Si de golpe desaparezco en mitad de una frase, no me sorprenderé demasiado; y a lo mejor salimos todos ganando.

Se afirma que el deseo más ardiente de un fantasma es recobrar por lo menos un asomo de corporeidad, algo tangible que lo devuelva por un momento a su vida de carne y hueso. Para lograr un poco de tangibilidad ante ustedes, voy a decir en pocas palabras cuál es la dirección y el sentido de mis cuentos. No lo hago por mero placer informativo, porque ninguna reseña teórica puede sustituir la obra en sí; mis razones son más importantes que ésa. Puesto que voy a ocuparme de algunos aspectos del cuento como género literario, y es posible que algunas de mis ideas sorprendan o choquen a quienes las escuchen, me parece de una elemental honradez definir el tipo de narración que me interesa, señalando mi especial manera de entender el mundo. Casi todos los cuentos que he escrito pertenecen al género llamado fantástico por falta de mejor nombre, y se oponen a ese falso realismo que consiste en creer que todas las cosas pueden describirse y explicarse como lo daba por sentado el optimismo filosófico y científico del siglo XVIII, es decir, dentro de un mundo regido más o menos armoniosamente por un sistema de leyes, de principios, de relaciones de causa a efecto, de psicologías definidas, de geografías bien cartografiadas. En mi caso, la sospecha de otro orden más secreto y menos comunicable, y el fecundo descubrimiento de Alfred Jarry, para quien el verdadero estudio de la realidad no residía en las leyes sino en las excepciones a esas leyes, han sido algunos de los principios orientadores de mi búsqueda personal de una literatura al margen de todo realismo demasiado ingenuo. Por eso, si en las ideas que siguen encuentran ustedes una predilección por todo lo que en el cuento es excepcional, trátese de los temas o incluso de las formas expresivas, creo que esta presentación de mi propia manera de entender el mundo explicará mi toma de posición y mi enfoque del problema. En último extremo podrá decirse que sólo he hablado del cuento tal y como yo lo practico. Y sin embargo no creo que sea así. Tengo la certidumbre de que existen ciertas constantes, ciertos valores que se aplican a todos los cuentos, fantásticos o realistas, dramáticos o humorísticos. Y pienso que tal vez sea posible mostrar aquí esos elementos invariables que dan a un buen cuento su atmósfera peculiar y su calidad de obra de arte.

134

La oportunidad de cambiar ideas acerca del cuento me interesa por diversas razones. Vivo en un país —Francia— donde este género tiene poca vigencia, aunque en los últimos años se nota entre escritores y lectores un interés creciente por esa forma de expresión. De todos modos, mientras los críticos siguen acumulando teorías y manteniendo enconadas polémicas acerca de la novela, casi nadie se interesa por la problemática del cuento. Vivir como cuentista en un país donde esta forma expresiva es un producto casi exótico, obliga forzosamente a buscar en otras literaturas el alimento que allí falta. Poco a poco, en sus textos originales o mediante traducciones, uno va acumulando casi rencorosamente una enorme cantidad de cuentos del pasado y del presente, y llega el día en que puede hacer un balance, intentar una aproximación valorativa a ese género de tan difícil definición, tan huidizo en sus múltiples y antagónicos aspectos, y en última instancia tan secreto y replegado en sí mismo, caracol del lenguaje, hermano misterioso de la poesía en otra dimensión del tiempo literario.

Pero además de ese alto en el camino que todo escritor debe hacer en algún momento de su labor, hablar del cuento tiene un interés especial para nosotros, puesto que casi todos los países americanos de lengua española le están dando al cuento una importancia excepcional, que jamás había tenido en otros países latinos como Francia o España. Entre nosotros, como es natural en las literaturas jóvenes, la creación espontánea precede casi siempre al examen crítico, y está bien que así sea. Nadie puede pretender que los cuentos sólo deban escribirse luego de conocer sus leyes. En primer lugar, no hay tales leyes; a lo sumo cabe hablar de puntos de vista, de ciertas constantes que dan una estructura a ese género tan poco encansillable; en segundo lugar, los teóricos y los críticos no tienen por qué ser los cuentistas mismos, y es natural que aquéllos sólo entren en escena cuando exista ya un acervo, un acopio de literatura que permita indagar y esclarecer su desarrollo y sus cualidades. En América, tanto en Cuba como en México o Chile o Argentina, una gran cantidad de cuentistas trabaja desde comienzos del siglo, sin conocerse mucho entre sí, descubriéndose a veces de manera casi póstuma. Frente a ese panorama sin coherencia suficiente, en el que pocos conocen a fondo la labor de los demás, creo que es útil hablar del cuento por encima de las particularidades nacionales e internacionales, porque es un género que entre nosotros tiene una importancia y una vitalidad que crecen de día en día. Alguna vez se harán las antologías definitivas —como las hacen los países anglosajones, por ejemplo— y se sabrá hasta dónde hemos sido capaces de llegar. Por el momento no me parece inútil hablar del cuento en abstracto, como género literario. Si nos hacemos una idea convincente de esa forma de expresión literaria, ella podrá contribuir a establecer una escala de valores para esa antología ideal que está por hacerse. Hay demasiada confusión, demasiados malentendidos en este terreno. Mientras los cuentistas siguen adelante su tarea, ya es tiempo de hablar de esa tarea en sí misma, al margen de las personas y de las nacionalidades. Es preciso llegar a tener una idea viva de lo que es el cuento, y eso es siempre difícil en la medida en que las ideas tienden a lo abstracto, a desvitalizar su contenido, mientras que a su vez la vida rechaza angustiada ese lazo que quiere echarle la conceptuación para fijarla y categorizarla. Pero si no tenemos una idea viva de lo que es el cuento habremos perdido el tiempo, porque un cuento, en última instancia, se mueve en ese plano del hombre donde la vida y la expresión escrita de esa vida libran una batalla fraternal, si se me permite el término; y el resultado de esa batalla es el cuento mismo, una síntesis viviente a la vez que una vida sintetizada, algo así como un temblor de agua dentro de un cristal, una fugacidad en una permanencia. Sólo con imágenes se puede transmitir esa alquimia secreta que explica la profunda resonancia que un gran cuento tiene en nosotros, y que explica también por qué hay muy pocos cuentos verdaderamente grandes.

Para entender el carácter peculiar del cuento se lo suele comparar con la novela, género mucho más popular y sobre el cual abundan las preceptivas. Se señala, por ejemplo, que la novela se desarrolla en el papel, y por lo tanto en el tiempo de lectura, sin otros límites que el agotamiento de la materia novelada; por su parte, el cuento parte de la noción de límite, y en primer término de límite físico, al punto que en Francia, cuando un cuento excede de las veinte páginas, toma ya el nombre de «nouvelle», género a caballo entre el cuento y la novela propiamente dicha. En este sentido, la novela y el cuento se dejan comparar analógicamente con el cine y la fotografía, en la medida en que una película es en principio un «orden abierto», novelesco, mientras que una fotografía lograda presupone una ceñida limitación previa, impuesta en parte por el reducido campo que abarca la cámara y por la forma en que el fotógrafo utiliza estéticamente esa limitación. No sé si ustedes han oído hablar de su arte a un fotógrafo profesional; a mí siempre me ha sorprendido el que se exprese tal como podría hacerlo un cuentista en muchos aspectos. Fotógrafos de la calidad de un Cartier-Bresson o de un Brassaï definen su arte como una aparente paradoja: la de recortar un fragmento de la realidad, fijándole determinados límites, pero de manera tal que ese recorte actúe como una explosión que abre de par en par una realidad mucho más amplia, como una visión dinámica que trasciende espiritualmente el campo abarcado por la cámara. Mientras en el cine, como en la novela, la captación de esa realidad más amplia y multiforme se logra mediante el desarrollo de elementos parciales, acumulativos, que no excluyen, por supuesto, una síntesis que dé el «clímax» de la obra, en una fotografía o un cuento de gran calidad se procede inversamente, es decir que el fotógrafo o el cuentista se ven precisados a escoger y limitar una imagen o un acaecimiento que sean *significativos,* que no solamente valgan por sí mismos sino que sean capaces de actuar en el espectador o en el lector como una especie de *apertura,* de fermento que proyecta la inteligencia y la sensibilidad hacia algo que va mucho más allá de la anécdota visual o literaria contenidas en la foto o en el cuento. Un escritor argentino, muy amigo del boxeo, me decía que en ese combate que se entabla entre un texto apasionante y su lector, la novela gana siempre por puntos, mientras que el cuento debe ganar por knockout. Es cierto, en la medida en que la novela acumula progresivamente sus efectos en el lector, mientras que un buen cuento es incisivo, mordiente, sin cuartel, desde las primeras frases. No se entienda esto demasiado literalmente, porque el buen cuentista es un boxeador muy astuto, y muchos de sus golpes iniciales pueden parecer poco eficaces cuando, en realidad, están minando ya las resistencias más sólidas del adversario. Tomen ustedes cualquier gran cuento que prefieran elementos gratuitos, meramente decorativos. El cuentista sabe que no puede proceder acumulativamente, que no tiene por aliado al tiempo; su único recurso es trabajar en profundidad, verticalmente, sea hacia arriba o hacia abajo del espacio literario. Y esto, que así expresado parece una metáfora, expresa sin embargo lo esencial del método. El tiempo del cuento y el espacio del cuento tienen que estar como condensados, sometidos a una alta presión espiritual y formal para provocar esa «apertura» a que me refería antes. Basta preguntarse por qué un determinado cuento es malo. No es malo por el tema, porque en literatura no hay temas buenos ni temas malos, hay solamente un buen o un mal tratamiento del tema. Tampoco es malo porque los personajes carecen de interés, ya que hasta una piedra es interesante cuando de ella se ocupan un Henry James o un Franz Kafka. Un cuento es malo cuando se lo escribe sin esa tensión que debe manifestarse desde las primeras palabras o las primeras escenas. Y así podemos adelantar ya que las nociones de significación, de intensidad y de tensión han de permitirnos, como se verá, acercanos mejor a la estructura misma del cuento.

Decíamos que el cuentista trabaja con un material que calificamos de significativo. El elemento significativo del cuento parecería residir principalmente *en su tema*, en el hecho de escoger un acaecimiento real o fingido que posea esa misteriosa propiedad de irradiar algo más allá de sí mismo, al punto que un vulgar episodio doméstico, como ocurre en tantos admirables relatos de una Katherine Mansfield o de un Sherwood Anderson, se convierta en el resumen implacable de una cierta condición humana, o en el símbolo quemante de un orden social o histórico. Un cuento es significativo cuando quiebra sus propios límites con esa explosión de energía espiritual que ilumina bruscamente algo que va mucho más allá de la pequeña y a veces miserable anécdota que cuenta. Pienso, por ejemplo, en el tema de la mayoría de los admirables relatos de Antón Chéjov. ¿Qué hay allí que no sea tristemente cotidiano, mediocre, muchas veces conformista o inútilmente rebelde? Lo que se cuenta en esos relatos es casi lo que de niños, en las aburridas tertulias que debíamos compartir con los mayores, escuchábamos contar a los abuelos o a las tías; la pequeña, insignificante crónica familiar de ambiciones frustradas, de modestos dramas locales, de angustias a la medida de una sala, de un piano, de un té con dulces. Y sin embargo, los cuentos de Katherine Mansfield, de Chéjov, son significativos, algo estalla en ellos mientras los leemos y nos propone una especie de ruptura de lo cotidiano que va mucho más allá de la anécdota reseñada. Ustedes se han dado ya cuenta de que esa significación misteriosa no reside solamente en el tema del cuento, porque en verdad la mayoría de los malos cuentos que todos hemos leído contienen episodios similares a los que tratan los autores nombrados. La idea de significación no puede tener sentido si no la relacionamos con las de intensidad y de tensión, que ya no se refieren solamente al tema sino al tratamiento literario de ese tema, a la técnica empleada para desarrollar el tema. Y es aquí donde, bruscamente, se produce el deslinde entre el buen y el mal cuentista. Por eso habremos de detenernos con todo el cuidado posible en esta encrucijada, para tratar de entender un poco más esa extraña forma de vida que es un cuento logrado, y ver por qué está vivo mientras otros, que aparentemente se le parecen, no son más que tinta sobre papel, alimento para el olvido.

Miremos la cosa desde el ángulo del cuentista y en este caso, obligadamente, desde mi propia versión del asunto. Un cuentista es un hombre que de pronto, rodeado de la inmensa algarabía del mundo, comprometido en mayor o menor grado con la realidad histórica que lo contiene, escoge un determinado tema y hace con él un cuento. Este escoger un tema no es tan sencillo. A veces el cuentista escoge, y otras veces siente como si el tema se le impusiera irresistiblemente, lo empujara a escribirlo. En mi caso, la gran mayoría de mis cuentos fueron escritos —cómo decirlo— al margen de mi voluntad, por encima o por debajo de mi conciencia razonante, como si yo no fuera más que un médium por el cual pasaba y se manifestaba una fuerza ajena. Pero esto, que puede depender del temperamento de cada uno, no altera el hecho esencial y es que en un momento dado *hay tema,* ya sea inventado o escogido voluntariamente, o extrañamente impuesto desde un plano

140

donde nada es definible. Hay tema, repito, y ese tema va a volverse cuento. Antes de que ello ocurra, ¿qué podemos decir del tema en sí? ¿Por qué ese tema y no otro? ¿Qué razones mueven consciente o inconscientemente al cuentista a escoger un determinado tema?

A mí me parece que el tema del que saldrá un buen cuento es siempre *excepcional,* pero no quiero decir con esto que un tema deba ser extraordinario, fuera de lo común, misterioso o insólito. Muy al contrario, puede tratarse de una anécdota perfectamente trivial y cotidiana. Lo excepcional reside en una cualidad parecida a la del imán; un buen tema atrae todo un sistema de relaciones conexas, coagula en el autor, y más tarde en el lector, una inmensa cantidad de nociones, entrevisiones, sentimientos y hasta ideas que flotaban virtualmente en su memoria o su sensibilidad; un buen tema es como un sol, un astro en torno al cual gira un sistema planetario del que muchas veces no se tenía conciencia hasta que el cuentista, astrónomo de palabras, nos revela su existencia. O bien, para ser más modestos y más actuales a la vez, un buen tema tiene algo de sistema atómico, de núcleo en torno al cual giran los electrones; y todo eso, al fin y al cabo, ¿no es ya como una proposición de vida, una dinámica que nos insta a salir de nosotros mismos y a entrar en un sistema de relaciones más complejo y más hermoso? Muchas veces me he preguntado cuál es la virtud de ciertos cuentos inolvidables. En el momento los leímos junto con muchos otros, que incluso podían ser de los mismos autores. Y he aquí que los años han pasado, y hemos vivido y olvidado tanto; pero esos pequeños, insignificantes cuentos, esos granos de arena en el inmenso mar de la literatura, siguen ahí, latiendo en nosotros. ¿No es verdad que cada uno tiene su colección de cuentos? Yo tengo la mía, y podría dar algunos nombres. Tengo «William Wilson», de Edgar Poe, tengo «Bola de sebo», de Guy de Maupassant. Los pequeños planetas giran y giran: ahí está «Un recuerdo de Navidad», de Truman Capote, «Tlon, Uqbar, Orbis Tertius», de Jorge Luis Borges, «Un sueño realizado», de Juan Carlos Onetti, «La muerte de Iván Ilich», de Tolstoy, «Fifty Grand», de Hemingway, «Los soñadores», de Izak Dinesen, y así podría seguir y seguir... Ya habrán advertido ustedes que no todos esos cuentos son obligadamente de antología. ¿*Por qué* perduran en la memoria? Piensen en los cuentos que no han podido olvidar y verán que todos ellos tienen la misma característica: son aglutinantes de una realidad infinitamente más vasta que la de su mera anécdota, y por eso han influido en nosotros con una fuerza que no haría sospechar la modestia de su contenido aparente, la brevedad de su texto. Y ese hombre que en un determinado momento elige un tema y hace con él un cuento será un gran cuentista si su elección contiene —a veces sin que él lo sepa conscientemente— esa fabulosa apertura de lo pequeño hacia lo grande, de lo individual y circunscrito a la esencia misma de la condición humana. Todo cuento perdurable es como la semilla donde está durmiendo el árbol gigantesco. Ese árbol crecerá en nosotros, dará su sombra en nuestra memoria.

Sin embargo, hay que aclarar mejor esta noción de temas significativos. Un mismo tema puede ser profundamente significativo para un escritor, y anodino para otro; un mismo tema despertará enormes resonancias en un lector, y dejará indiferente a otro. En suma, puede decirse que no hay temas absolutamente significativos o absolutamente insignificantes. Lo que hay es una alianza misteriosa y compleja entre cierto escritor y cierto tema en un momento dado, así como la misma alianza podrá darse luego entre ciertos cuentos y ciertos lectores. Por eso, cuando decimos que un tema es significativo, como en el caso de los cuentos de Chéjov, esa significación se ve

142

determinada en cierta medida por algo que está fuera
del tema en sí, por algo que está antes y después del
tema. Lo que está antes es el escritor, con su carga
de valores humanos y literarios, con su voluntad de
hacer una obra que tenga un sentido; lo que está
después es el tratamiento literario del tema, la forma
en que el cuentista, frente a su tema, lo ataca y sitúa
verbalmente y estilísticamente, lo estructura en forma de cuento, y lo proyecta en último término hacia
algo que excede el cuento mismo. Aquí me parece
oportuno mencionar un hecho que me ocurre con
frecuencia, y que otros cuentistas amigos conocen
tan bien como yo. Es habitual que en el curso de una
conversación, alguien cuente un episodio divertido o
conmovedor o extraño, y que dirigiéndose luego al
cuentista presente le diga: «Ahí tienes un tema formidable para un cuento; te lo regalo.» A mí me han
regalado en esa forma montones de temas, y siempre
he contestado amablemente: «Muchas gracias», y
jamás he escrito un cuento con ninguno de ellos. Sin
embargo, cierta vez una amiga me contó distraída-
mente las aventuras de una criada suya en París.
Mientras escuchaba su relato, sentí que eso podía
llegar a ser un cuento. Para ella esos episodios no
eran más que anécdotas curiosas; para mí, bruscamente, se cargaban de un sentido que iba mucho
más allá de su simple y hasta vulgar contenido. Por
eso, toda vez que me han preguntado: ¿Cómo distinguir entre un tema insignificante —por más divertido o emocionante que pueda ser— y otro significativo?, he respondido que el escritor es el primero
en sufrir ese efecto indefinible pero avasallador de
ciertos temas, y que precisamente por so es un escritor. Así como para Marcel Proust el sabor de una
magdalena mojada en el té abría bruscamente un inmenso abanico de recuerdos aparentemente olvida-
dos, de manera análoga el escritor reacciona ante
ciertos temas en la misma forma en que su cuento,
más tarde, hará reaccionar al lector. Todo cuento

está así predeterminado por el aura, por la fascinación irresistible que el tema crea en su creador.

Llegamos así al fin de esta primera etapa del nacimiento de un cuento, y tocamos el umbral de su creación propiamente dicha. He aquí al cuentista, que ha escogido un tema valiéndose de esas sutiles antenas que le permiten reconocer los elementos que luego habrán de convertirse en obra de arte. El cuentista está frente a su tema, frente a ese embrión que ya es vida, pero que no ha adquirido todavía su forma definitiva. Para él ese tema tiene sentido, tiene significación. Pero si todo se redujera a eso, de poco serviría; ahora, como último término del proceso, como juez implacable, está esperando el lector, el eslabón final del proceso creador, el cumplimiento o el fracaso del ciclo. Y es entonces que el cuento tiene que nacer puente, tiene que nacer pasaje, tiene que dar el salto que proyecte la significación inicial, descubierta por el autor, a ese extremo más pasivo y menos vigilante y muchas veces hasta indiferente que llamamos lector. Los cuentistas inexpertos suelen caer en la ilusión de imaginar que les bastará escribir lisa y llanamente un tema que los ha conmovido, para conmover a su turno a los lectores. Incurren en la ingenuidad de aquel que encuentra bellísimo a su hijo, y da por supuesto que los demás lo ven igualmente bello. Con el tiempo, con los fracasos, el cuentista capaz de superar esa primera etapa ingenua, aprende que en literatura no bastan las buenas intenciones. Descubre que para volver a crear en el lector esa conmoción que lo llevó a él a escribir el cuento, es necesario un oficio de escritor, y que ese oficio consiste, entre muchas otras cosas, en lograr ese clima propio de todo gran cuento, que obliga a seguir leyendo, que atrapa la atención, que aísla al lector de todo lo que lo rodea para después, terminado el cuento, volver a conectarlo con su circunstancia de una manera nueva, enriquecida, más honda o más hermosa. Y la única forma en que puede conseguirse ese secuestro momentáneo del lector es mediante un estilo basado en la intensidad y en la tensión, un estilo en el que los elementos formales y expresivos se ajusten, sin la menor concesión, a la índole del tema, le den su forma visual y auditiva más penetrante y original, lo vuelvan único, inolvidable, lo fijen para siempre en su tiempo y en su ambiente y en su sentido más primordial. Lo que llamo intensidad en un cuento consiste en la eliminación de todas las ideas o situaciones intermedias, de todos los rellenos o fases de transición que la novela permite e incluso exige. Ninguno de ustedes habrá olvidado «El tonel de amontillado», de Edgar Poe. Lo extraordinario de este cuento es la brusca prescindencia de toda descripción de ambiente. A la tercera o cuarta frase estamos en el corazón del drama, asistiendo al cumplimiento implacable de una venganza. «Los asesinos», de Hemingway, es otro ejemplo de intensidad obtenida mediante la eliminación de todo lo que no converja esencialmente al drama. Pero pensemos ahora en los cuentos de Joseph Conrad, de D. H. Lawrence, de Kafka. En ellos, con modalidades típicas de cada uno, la intensidad es de otro orden, y yo prefiero darle el nombre de tensión. Es una intensidad que se ejerce en la manera con que el autor nos va acercando lentamente a lo contado. Todavía estamos muy lejos de saber lo que va a ocurrir en el cuento, y sin embargo no podemos sustraernos a su atmósfera. En el caso de «El tonel de amontillado» y de «Los asesinos», los hechos despojados de toda preparación, saltan sobre nosotros y nos atrapan; en cambio, en un relato demorado y caudaloso de Henry James —«La lección del maestro», por ejemplo— se siente de inmediato que los hechos en sí carecen de importancia, que todo está en las fuerzas que los desencadenaron, en la malla sutil que los precedió y los acompaña. Pero tanto la intensidad de la acción como la tensión interna del relato son el producto de lo que

antes llamé el oficio de escritor, y es aquí donde nos
vamos acercando al final de este paseo por el cuento.
En mi país, y ahora en Cuba, he podido leer cuentos de los autores más variados: maduros o jóvenes,
de la ciudad y del campo, entregados a la literatura
por razones estéticas o por imperativos sociales del
momento, comprometidos o no comprometidos. Pues
bien, y aunque suene a perogrullada, tanto en la
Argentina como aquí los buenos cuentos los están
escribiendo quienes dominan el oficio en el sentido
ya indicado. Un ejemplo argentino acalarará mejor
esto. En nuestras provincias centrales y norteñas
existe una larga tradición de cuentos orales, que los
gauchos se transmiten de noche en torno al fogón,
que los padres siguen contando a sus hijos, y que de
golpe pasan por la pluma de un escritor regionalista
y, en una abrumadora mayoría de casos, se convier-
ten en pésimos cuentos. ¿Qué ha sucedido? Los relatos en sí son sabrosos, traducen y resumen la experiencia, el sentido del humor y el fatalismo del
hombre de campo; algunos incluso se elevan a la dimensión trágica o poética. Cuando uno los escucha
de boca de un viejo criollo, entre mate y mate, siente como una anulación del tiempo, y piensa que también los aedos griegos contaban así las hazañas de
Aquiles para maravilla de pastores y viajeros. Pero
en ese momento, cuando debería surgir un Homero
que hiciese una Ilíada o una Odisea de esa suma de
tradiciones orales, en mi país surge un señor para
quien la cultura de las ciudades es un signo de deca-
dencia, para quien los cuentistas que todos amamos
son estetas que escribieron para el mero deleite de
clases sociales liquidadas, y ese señor entiende en
cambio que para escribir un cuento lo único que hace
falta es poner por escrito un relato tradicional, con-
servando todo lo posible el tono hablado, los giros
campesinos, las incorrecciones gramaticales, eso que
llaman el color local. No sé si esa manera de escribir cuentos populares se cultiva en Cuba; ojalá que

146

no, porque en mi país no ha dado más que indigestos volúmenes que no interesan ni a los hombres de campo, que prefieren seguir *escuchando* los cuentos entre dos tragos, ni a los lectores de la ciudad, que estarán muy echados a perder pero que se tienen bien leídos a los clásicos del género. En cambio —y me refiero también a la Argentina— hemos tenido a escritores como un Roberto J. Payró, un Ricardo Güiraldes, un Horacio Quiroga y un Benito Lynch que, partiendo también de temas muchas veces tradicionales, escuchados de boca de viejos criollos como un Don Segundo Sombra, han sabido potenciar ese material y volverlo obra de arte. Pero Quiroga, Güiraldes y Lynch conocían a fondo el oficio de escritor, es decir que sólo aceptaban temas significativos, enriquecedores, así como Homero debió desechar montones de episodios bélicos y mágicos para no dejar más que aquéllos que han llegado hasta nosotros gracias a su enorme fuerza mítica, a su resonancia de arquetipos mentales, de hormonas psíquicas como llamaba Ortega y Gasset a los mitos. Quiroga, Güiraldes y Lynch eran escritores de dimensión universal, sin prejuicios localistas o étnicos o populistas; por eso, además de escoger cuidadosamente los temas de sus relatos, los sometían a una forma literaria, la única capaz de transmitir al lector todos sus valores, todo su fermento, toda su proyección en profundidad y en altura. Escribían tensamente, mostraban intensamente. No hay otra manera de que un cuento sea eficaz, haga blanco en el lector y se clave en su memoria.

El ejemplo que he dado puede ser de interés para Cuba. Es evidente que las posibilidades que la Revolución ofrece a un cuentista son casi infinitas. La ciudad, el campo, la lucha, el trabajo, los distintos tipos psicológicos, los conflictos de ideología y de carácter; y todo eso como exacerbado por el deseo que se ve en ustedes de actuar, de expresarse, de comunicarse como nunca habían podido hacerlo an-

tes. Pero todo eso, ¿cómo ha de traducirse en grandes cuentos, en cuentos que lleguen al lector con la
fuerza y la eficacia necesarias? Es aquí donde me
gustaría aplicar concretamente lo que he dicho en
un terreno más abstracto. El entusiasmo y la buena
voluntad no bastan por sí solos, como tampoco basta
el oficio de escritor por sí solo para escribir los cuentos que fijen literariamente (es decir, en la admiración
colectiva, en la memoria de un pueblo) la grandeza
de esta Revolución en marcha. Aquí, más que en
ninguna otra parte, se requiere hoy una fusión total
de esas dos fuerzas, la del hombre plenamente comprometido con su realidad nacional y mundial, y
la del escritor lúcidamente seguro de su oficio. En
ese sentido no hay engaño posible. Por más vete-
rano, por más experto que sea un cuentista, si le
falta una motivación entrañable, si sus cuentos no
nacen de una profunda vivencia, su obra no irá más
allá del mero ejercicio estético. Pero lo contrario
será aún peor, porque de nada valen el fervor, la
voluntad de comunicar un mensaje, si se carece de
los instrumentos expresivos, estilísticos, que hacen
posible esa comunicación. En este momento estamos
tocando el punto crucial de la cuestión. Yo creo, y
lo digo después de haber pesado largamente todos
los elementos que entran en juego, que escribir para
una revolución, que escribir dentro de una revolución, que escribir revolucionariamente, no significa,
como creen muchos, escribir obligadamente acerca de
la revolución misma. Jugando un poco con las palabras, Emmanuel Carballo decía aquí hace unos días
que en Cuba sería más revolucionario escribir cuentos fantásticos que cuentos sobre temas revolucina-
rios. Por supuesto la frase es exagerada, pero produce una impaciencia muy reveladora. Por mi parte,
creo que el escritor revolucionario es aquél en quien
se fusionan indisolublemente la conciencia de su
libre compromiso individual y colectivo, con esa
otra soberana libertad cultural que confiere el pleno

dominio de su oficio. Si ese escritor, responsable y lúcido, decide escribir literatura fantástica, o psicológica, o vuelta hacia el pasado, su acto es un acto de libertad dentro de la revolución, y por eso es también un acto revolucionario aunque sus cuentos no se ocupen de las formas individuales o colectivas que adopta la revolución. Contrariamente al estrecho criterio de muchos que confunden literatura con pedagogía, literatura con enseñanza, literatura con adoctrinamiento ideológico, un escritor revolucionario tiene todo el derecho de dirigirse a un lector mucho más complejo, mucho más exigente en materia espiritual de lo que imaginan los escritores y los críticos improvisados por las circunstancias y convencidos de que su mundo personal es el único mundo existente, de que las preocupaciones del momento son las únicas preocupaciones válidas. Repitamos, aplicándola a lo que nos rodea en Cuba, la admirable frase de Hamlet a Horacio: «Hay muchas más cosas en el cielo y en la tierra de lo que supone tu filosofía...» Y pensemos que a un escritor no se le juzga solamente por el tema de sus cuentos o sus novelas, sino por su presencia viva en el seno de la colectividad, por el hecho de que el compromiso total de su persona es una garantía indesmentible de la verdad y de la necesidad de su obra, por más ajena que ésta pueda parecer a las circunstancias del momento. Esa obra no es ajena a la revolución porque no sea accesible a todo el mundo. Al contrario, prueba que existe un vasto sector de lectores potenciales que, en un cierto sentido, están mucho más separados que el escritor de las metas finales de la revolución, de esas metas de cultura, de libertad, de pleno goce de la condición humana que los cubanos se han fijado para admiración de todos los que los aman y los comprenden. Cuanto más alto apunten los escritores que han nacido para eso, más altas serán las metas finales del pueblo al que pertenecen. ¡Cuidado con la fácil demagogia de exigir una lite-

ratura accesible a todo el mundo! Muchos de los
que la apoyan no tienen otra razón para hacerlo que
la de su evidente incapacidad para comprender una
literatura de mayor alcance. Piden clamorosamente
temas populares, sin sospechar que muchas veces el
lector, por más sencillo que sea, distinguirá instintivamente entre un cuento popular mal escrito y un
cuento más difícil y complejo pero que lo obligará
a salir por un momento de su pequeño mundo circundante y le mostrará otra cosa, sea lo que sea
pero otra cosa, algo diferente. No tiene sentido hablar
de temas populares a secas. Los cuentos sobre temas
populares sólo serán buenos si se ajustan, como cualquier otro cuento, a esa exigente y difícil mecánica
interna que hemos tratado de mostrar en la primera
parte de esta charla. Hace años tuve la prueba de
esta afirmación en la Argentina, en una rueda de
hombres de campo a la que asistíamos unos cuantos
escritores. Alguien leyó un cuento basado en un episodio de nuestra guerra de independencia, escrito
con una deliberada sencillez para ponerlo, como
decía su autor, «al nivel del campesino». El relato
fue escuchado cortésmente, pero era fácil advertir
que no había tocado fondo. Luego uno de nosotros
leyó «La pata de mono», el justamente famoso cuento de W. W. Jacobs. El interés, la emoción, el espanto, y finalmente el entusiasmo fueron extraordi-
narios. Recuerdo que pasamos el resto de la noche
hablando de hechicería, de brujos, de venganzas dia-
bólicas. Y estoy seguro de que el cuento de Jacobs
sigue vivo en el recuerdo de esos gauchos analfabe-
tos, mientras que el cuento supuestamente popular,
fabricado para ellos, con su vocabulario, sus aparen-
tes posibilidades intelectuales y sus intereses patrió-
ticos, ha de estar tan olvidado como el escritor que
lo fabricó. Yo he visto la emoción que entre la gente
sencilla provoca una representación de *Hamlet,* obra
difícil y sutil si las hay, y que sigue siendo tema de
estudios eruditos y de infinitas controversias. Es cier-

to que esa gente no puede comprender muchas cosas que apasionan a los especialistas en teatro isabelino. ¿Pero qué importa? Sólo su emoción importa, su maravilla y su transporte frente a la tragedia del joven príncipe danés. Lo que prueba que Shakespeare escribía verdaderamente para el pueblo, en la medida en que su tema era profundamente significativo para cualquiera —en diferentes planos, sí, pero alcanzando un poco a cada uno— y que el tratamiento teatral de ese tema tenía la intensidad propia de los grandes escritores, y gracias a la cual se quiebran las barreras intelectuales aparentemente más rígidas, y los hombres se reconocen y fraternizan en un plano que está más allá o más acá de la cultura. Por supuesto, sería ingenuo creer que toda gran obra puede ser comprendida y admirada por las gentes sencillas; no es así, y no puede serlo. Pero la admiración que provocan las tragedias griegas o las de Shakespeare, el interés apasionado que despiertan muchos cuentos y novelas nada sencillos ni accesibles, debería hacer sospechar a los partidarios del mal llamado «arte popular» que su noción del pueblo es parcial, injusta, y en último término peligrosa. No se le hace ningún favor al pueblo si se le propone una literatura que pueda asimilar sin esfuerzo, pasivamente, como quien va al cine a ver películas de cowboys. Lo que hay que hacer es educarlo, y eso es en una primera etapa tarea pedagógica y no literaria. Para mí ha sido una experiencia reconfortable ver cómo en Cuba los escritores que más admiro participan en la revolución dando lo mejor de sí mismos, sin cercenar una parte de sus posibilidades en aras de un supuesto arte popular que no será útil a nadie. Un día Cuba contará con un acervo de cuentos y de novelas que contendrá transmutada al plano estético, eternizada en la dimensión intemporal del arte, su gesta revolucionaria de hoy. Pero esas obras no habrán sido escritas por obligación, por consignas de la hora. Sus temas nacerán cuando sea el momento, cuando el escritor sienta que debe plasmarlos en cuentos o novelas o piezas de teatro o poemas. Sus temas contendrán un mensaje auténtico y hondo, porque no habrán sido escogidos por un imperativo de carácter didáctico o proselitista, sino por una irresistible fuerza que se impondrá al autor, y que éste, apelando a todos los recursos de su arte y de su técnica, sin sacrificar nada a nadie, habrá de transmitir al lector como se transmiten las cosas fundamentales: de sangre a sangre, de mano a mano, de hombre a hombre.

# Notas

UNO: Se reproducen la mayoría de los capítulos que aluden directamente a Morelli o en los que él mismo habla. El número de capítulo va al final de cada texto; se recordará que en la novela va al comienzo. Los títulos en bastardilla están en el texto. El orden de los capítulos sigue el de la paginación: el de la lectura lineal así. *Rayuela* fue publicada en junio de 1963 por la Editorial Sudamericana, en Buenos Aires; aquí se ha empleado la octava edición, de junio del 68.

DOS: *La vuelta al día en ochenta mundos* fue publicado en diciembre de 1967 por Siglo XXI, Editores, S. A., en México. Se emplea aquí la quinta edición y primera de bolsillo, editada en diciembre de 1970 en dos tomos por la casa mencionada en coedición con Siglo XXI de España Editores. «Más sobre la seriedad y otros velorios» es un fragmento del texto «De la seriedad en los velorios». «Vocabulario mínimo para entenderse» es fragmento de «No hay peor sordo que el que».

TRES: *Último round* fue publicado en 1969 por Siglo XXI, Editores, México, con diagramación —al igual que el libro anterior— de Julio Silva. En «Del cuento breve y sus alrededores» el autor se refiere a un texto anterior, «Algunos aspectos del cuento», que se incluye al final de esta compilación. «La muñeca rota» es recogido aquí porque alude al movimiento que va de *Rayuela* a 62; «Morelli» preside la formulación y el debate especulativo de la primera novela, pero también se desplaza a una plasmación liberada, que Cortázar busca en 62.

«Algunos aspectos del cuento» (publicado en *Casa de las Américas,* La Habana, año II, Nos. 15-16, nov. 1962-feb. 1963) se incluye también porque ilustra esta importante zona —el cuento— del trabajo creativo del autor; en este sentido complementa a «Del cuento...» y, en sus deslindes, a «Casilla del camaleón».

# Marginales